10|18
12, avenue d'Italie — Paris XIIIe

Du même auteur
dans la collection 10/18

APPELLATION CONTRÔLÉE, n° 2476
LE PROFESSEUR, n° 2477
ADJUGÉ !, n° 2497
DANGER, n° 2498
LE BANQUIER, n° 2545
ÉCRAN DE FUMÉE, n° 2580
LA CASAQUE NOIRE, n° 2614
VOL DANS LE VAN, n° 2670
LA MORT AU PETIT TROT, n° 2716

EN SELLE POUR LA 3

PAR

DICK FRANCIS

Traduit de l'anglais
par M. Elfvik

10|18

« *Grands Détectives* »
dirigé par Jean-Claude Zylberstein

Titre original :
Enquiry

ISBN 2-264-02320-1

I

J'ai perdu ma licence hier. Pour un jockey professionnel de steeple-chase, perdre sa licence et se voir banni de l'hippodrome de Newmarket, c'est comme d'être rayé de l'Ordre des médecins pour un médecin. Mais en pire.

Bref, on m'a retiré ma licence pour avoir perdu une course. Plus exactement, je suis arrivé deuxième sur un cheval donné pour favori certain dans la Lemonfizz Cup, à Oxford, la dernière semaine de janvier, et l'épreuve a été gagnée par un outsider peu considéré. Ce qui n'aurait été qu'un incident simplement malchanceux, n'eût été que les chevaux avaient tous deux pour entraîneur Dexter Cranfield.

L'ordre des arrivées a été accueilli par une tempête de cris et d'exclamations indignées dans les tribunes, et j'ai dû regagner le paddock sous les huées. Dexter Cranfield paraissait plus contrarié que satisfait d'avoir remporté les première et deuxième places dans l'une des plus importantes épreuves de steeple-chase de la saison, et les commissaires de la réunion nous ont convoqués tous les deux pour nous demander des explications. Ces explications ne les ont pas satisfaits, et ils nous ont déclaré qu'ils allaient en référer à la commission de discipline du Jockey Club.

Les membres de ladite Commission, dans l'avis qu'ils ont émis deux semaines plus tard, ont douté que le hasard ait été la seule cause de ce résultat scabreux. Fraude qualifiée envers les parieurs, ont-ils déclaré. En ajoutant que c'était une honte, une ignominie et un véritable scandale. La réputation du sport hippique devait rester sans tache. Et ce n'était pas la première fois qu'ils nourrissaient des soupçons à notre égard, à tous deux. Une sévère sanction s'imposait, pour décourager toute nouvelle tentative.

« Et maintenant, ouste. Dehors, ont-ils conclu. Suspendus. Exclus. Et bon débarras. »

La vérité, c'est que Squelch, mon favori sûr et certain, n'avait été qu'un cheval mort tout le long de la ligne droite après le dernier tournant, et que c'était plutôt miracle que j'aie fini deuxième et non cinquième ou sixième. A vrai dire, si tant de gens n'avaient pas parié sur lui, je ne l'aurais même pas éreinté comme je l'ai fait. Que ce soit Cherry Pie, l'autre partant de Cranfield, qui m'ait dépassé à une dizaine de mètres de l'arrivée, c'est bien la pire des déveines.

Fort de mon innocence et convaincu que si les commissaires d'Oxford s'étaient laissé influencer par les réactions hostiles du public, la commission de discipline allait faire preuve, elle, de plus de jugeote et examiner cette histoire froidement et avec bon sens, je me suis rendu à l'enquête sans la moindre appréhension.

Froidement est bien le mot ! L'atmosphère était glaciale. Les commissaires considéraient leur propre bon sens comme unique au monde. Ils n'avaient pas l'air d'imaginer que Cranfield ni moi-même puissions en posséder un brin.

Un premier et vague signe avant-coureur de la catastrophe imminente se manifesta lorsqu'ils donnèrent lecture d'une liste de neuf courses précédentes où j'avais monté pour Cranfield un favori malchanceux. Dans six de ces épreuves, le gagnant avait été un autre des partants de Cranfield. Cranfield avait fait également courir dans les trois autres courses.

— Ce qui veut dire, déclara lord Gowery, que le cas qui nous est soumis est loin d'être le premier. La chose est arrivée plusieurs fois. Il semble que ces résultats soient passés inaperçus jusqu'à maintenant, mais cette fois, vous êtes allés nettement trop loin.

Je devais avoir l'air idiot, avec ma bouche grande ouverte de stupéfaction ; et l'ennui, c'est qu'ils ont manifestement cru que mon étonnement provenait de l'amoncellement des « preuves » qu'ils avaient réunies pour démontrer ma culpabilité.

— Mais certaines de ces courses datent de plusieurs années, ai-je protesté. De six ou sept ans même.

— Qu'est-ce que ça change ? a demandé lord Gowery. Ce sont des faits.

— Ce genre de choses arrive de temps en temps à tous les entraîneurs, a lancé vivement Cranfield. Ça, vous devez le savoir !

Lord Gowery l'a regardé sans broncher. Ce qui a provoqué chez moi une réaction des plus primitives : frissons dans le dos et chair de poule. Il y croit vraiment, me disais-je, absolument désemparé. Il est réellement convaincu de notre culpabilité. Et c'est à ce moment-là que je me suis rendu compte qu'il fallait lutter pour se défendre. Mais il était déjà trop tard.

L'enquête avait lieu dans une pièce spacieuse et princièrement meublée, au quartier général du Jockey Club, à Portman Square. Quatre commissaires étaient installés dans de somptueux fauteuils derrière une longue table polie, et chacun avait devant lui une pile de paperasses ; un sténographe se tenait à une table plus petite, légèrement sur leur droite. Au moment où Cranfield et moi-même sommes entrés dans la pièce, le sténographe s'affairait autour d'un magnétophone posé sur sa table ; il déroulait un fil de l'appareil pour l'amener jusqu'aux commissaires. Il posa un micro devant lord Gowery, brancha l'engin et souffla dedans deux ou trois fois. Puis il retourna au magnétophone et, après avoir appuyé sur quelques boutons, annonça que tout marchait bien.

Derrière les commissaires, séparés seulement par quelques mètres d'une moelleuse moquette d'un rouge sombre, plusieurs autres fauteuils étaient occupés. Y étaient installés, outre les trois commissaires qui avaient exprimé des doutes à Oxford, le commissaire de la piste, le handicapeur qui avait attribué les poids pour la Lemonfizz Cup, plus deux commissaires appointés, fonctionnaires payés par le Jockey Club, et dont le rôle, au cours des réunions, consiste en un curieux mélange de garçons de courses au service des commissaires et de policiers privés au service du sport hippique. C'est à eux qu'il incombe, s'ils estiment qu'une infraction a été commise, d'en informer les commissaires de la réunion et de leur conseiller de procéder à une enquête.

Comme dans tous les boulots, certains des commissaires appointés sont des types raisonnables, d'autres pas. Celui qui exerçait sa fonction à Oxford, le jour de la Lemonfizz Cup, a la réputation bien établie d'être le plus coriace.

Cranfield et moi-même avons été invités à nous installer en face de la table des commissaires, mais à bonne distance. Les mêmes somptueux fauteuils que les autres nous attendaient. Le tout hautement civilisé : pas la moindre hache de guerre en vue. Nous nous sommes assis, et Cranfield a croisé négligemment les jambes d'un air confiant et détendu.

Nous sommes loin d'être copains, Cranfield et moi. Il a hérité une fortune de son père, ancien fabricant de savon qui, je ne sais pourquoi, n'a jamais réussi à obtenir la pairie en dépit des donations qu'il distribuait comme un enragé à toutes les bonnes causes à la mode. La richesse jointe aux ambitions mondaines déçues ont fait de Cranfield fils un snob invétéré. Pour lui, du seul fait qu'il m'emploie, je suis un domestique ; et il ignore comment traiter les domestiques.

N'empêche que comme entraîneur, il ne se défend pas mal. D'autant qu'il a des amis assez fortunés pour posséder de bons chevaux. Je monte pour lui à peu près régulièrement depuis bientôt huit ans, et, bien qu'au début j'aie été choqué par ses manières de snob, j'ai finalement gagné, l'âge aidant, suffisamment de sagesse pour m'en amuser. Malgré tout ce temps, nos rapports restent d'ordre strictement professionnel. Sans le moindre brin d'amitié. Cette seule idée lui paraîtrait outrageante, et moi, je n'éprouve pas assez de sympathie à son égard pour le regretter.

De vingt ans mon aîné, il est du type anglo-saxon, long et maigre ; il a des cheveux très fins, d'une nuance gris souris, des yeux bleus tirant sur le gris, aux cils courts et pâles, un grand nez bien dessiné et des dents d'une perfection agressive. Sa charpente est acceptable pour le milieu social dans lequel il s'efforce d'évoluer, mais sa façon de voir la vie a creusé son visage de sillons qui excluent toute tolérance ou générosité. Cranfield est mesquin par habitude ; il ne se montre généreux qu'envers ceux qui peuvent le pousser plus haut. Dans tous ses rapports avec ceux qu'il considère comme ses inférieurs, il laisse derrière lui un sillage zigzagant d'antipathie et de ressentiment. Il est charmant avec ses amis, et courtois en public, avec sa femme et ses trois enfants, des adolescents qui offrent une image pitoyablement fidèle de sa manie des grandeurs.

— Nous allons passer le film de la course, a dit lord Gowery.

Ce qui fut aussitôt fait en utilisant un écran tendu à même le mur, derrière Cranfield et moi. Nous avons installé nos fauteuils de manière à pouvoir regarder les images, et le commissaire appointé d'Oxford, une espèce de grosse brute pompeuse, est venu se planter à côté de l'écran ; il nous a désigné Squelch à l'aide d'un long bâton.

— Voilà le cheval en question, a-t-il déclaré tandis que les chevaux s'alignaient pour le départ.

Je songeai à part moi que si les commissaires avaient connu leur boulot, ils auraient déjà regardé ce film plusieurs fois et sauraient donc lequel des chevaux était Squelch, sans qu'on ait besoin de le leur indiquer.

L'appointé a suivi Squelch avec son bâton à peu près tout le long de l'épreuve ; une course qui n'appelait vraiment aucun commentaire, tout à fait banale, courue selon le modèle éprouvé : économiser les forces au départ en laissant à d'autres le soin de lancer l'allure, se placer doucement en quatrième position et s'y tenir pendant deux kilomètres ou plus, se glisser ensuite dans les premiers en arrivant à proximité de l'avant-dernier obstacle, puis pousser à fond sans s'occuper du reste. Si le cheval accepte cette méthode, et s'il est à la hauteur, il doit gagner.

Squelch déteste courir autrement. Dans ses bons jours, Squelch est assez fort pour réussir. Seulement, cet après-midi-là, il n'était pas dans un bon jour.

Le film montrait Squelch prenant la première place dans le groupe de tête en arrivant sur l'avant-dernier obstacle. Il accusait un léger roulis à la réception au sol, signe indiscutable de fatigue. J'avais été obligé de le reprendre en main et de le pousser pour aborder le dernier obstacle, et ça crève les yeux quand on voit le film. A peine l'obstacle franchi, je l'ai senti qui commençait à patauger sous moi en fonçant vers le poteau d'arrivée : si je ne m'étais pas montré impitoyable, il se serait mis au trot. A la fin, Cherry Pie l'a rattrapé à une allure surprenante et l'a dépassé, à croire que Squelch restait sur place.

La projection du film s'est arrêtée brusquement et quelqu'un a rallumé. J'estimais qu'une telle projection était probante et qu'on ne parlerait plus de cette histoire.

— Vous ne vous êtes pas servi de votre cravache, a alors déclaré lord Gowery d'un ton accusateur.

— Non, monsieur, ai-je admis. Squelch se montre rétif sous la cravache. Il n'obéit qu'à la main.

— Vous n'avez pas fait le moindre effort pour le pousser à fond.

— Si, monsieur, au contraire. Il était épuisé, vous pouvez le voir sur le film.

— Tout ce que je peux voir sur le film, c'est que vous n'avez fait absolumcnt aucun effort pour gagner. Vous restiez assis sans bouger les bras, sans tenter le moindre effort.

Je l'ai regardé, stupéfait, en écarquillant les yeux.

— Squelch n'est pas un cheval facile à monter, monsieur. Il fera toujours son possible, mais seulement s'il n'est pas énervé. Il faut le monter avec douceur. S'il reçoit un coup de cravache, il s'arrête. Il ne se laisse commander que par des stimulations naturelles : pressions des jambes, petits coups de rênes, et la voix de son jockey.

— C'est tout à fait exact, dit Cranfield, d'un ton plein de respect. Je recommande toujours à Hughes de ne pas brusquer ce cheval.

Comme s'il n'avait pas entendu un traître mot, lord Gowery reprit :

— Hughes n'a même pas levé sa cravache.

Il regarda d'un air interrogateur, comme pour prendre leur avis, les deux commissaires assis à ses côtés. Celui de gauche, un type assez jeune, qui a couru dans le temps en amateur, hocha la tête d'une manière qui ne l'engageait à rien. L'autre s'était endormi.

Je soupçonne Gowery de lui avoir flanqué un coup de pied sous la table. Il se réveilla en sursaut.

— Hein ? Oui ! précisément, lança-t-il, tout en me lorgnant d'un air soupçonneux.

Mais c'est pure dérision, me dis-je, incrédule. Cette histoire n'est que comédie !

Gowery hocha la tête, content.

— Hughes n'a jamais touché à sa cravache.

Le gros lard pompeux d'appointé fit éclater sa suffisance :

— Je suis certain que vous allez trouver le film que nous allons passer très significatif, monsieur.

— Je le crois volontiers, déclara Gowery. Allez-y.

— De quel film s'agit-il ? demanda Cranfield.

— Une séquence où l'on voit Squelch gagner une épreuve à Reading, le 3 janvier.

Cranfield réfléchit.

— Je n'étais pas à Reading ce jour-là.

— Non, admit Gowery. Si nous ne nous trompons pas, vous étiez allé à la réunion de Worcester.

Il avait pris un ton propre à environner de suspicion la chose la plus normale. Cranfield faisait courir à Worcester un jeune sauteur très prometteur, et il avait voulu se rendre compte par lui-même de sa forme. Squelch, le crack confirmé, ne nécessitait aucune surveillance.

La lumière s'éteignit encore. L'appointé avait repris son bâton pour montrer Kelly Hughes en train de courir sous les couleurs de Squelch, noir à chevrons blancs et toque noire. Pas du tout le même genre d'épreuve que la Lemonfizz Crystal Cup. J'y avais pris rapidement la tête pour évaluer précisément les obstacles, puis à mi-chemin j'avais retenu un peu ma monture, je m'étais placé en troisième position de façon à lui permettre de souffler et je n'étais remonté en tête qu'après le dernier obstacle ; j'avais excité mon cheval par d'énergiques coups de cravache sur l'épaule et je l'avais poussé grâce à un vigoureux jeu de mains.

Le film s'arrêta, et on refit la lumière : un lourd silence accusateur régnait dans la pièce. Cranfield se tourna vers moi en fronçant les sourcils.

— Vous admettrez, dit ironiquement Gowery, que là vous utilisiez votre cravache, Hughes !

— En effet, monsieur, dis-je. De quelle épreuve s'agit-il ?

— La dernière course de la réunion de Reading, répondit-il d'une voix irritée. Ne prétendez pas l'ignorer.

— Je suis d'accord, monsieur, le film que vous venez de passer montre la dernière des épreuves courues à Reading. Mais Squelch n'a pas couru dans la dernière de Reading. Le cheval qu'on voit dans ce film est Wanderlust. Il appartient à M. Kessel, de même que Squelch, c'est pourquoi les couleurs sont les mêmes. Et ces deux chevaux sont du même père, ce qui explique qu'ils se ressemblent ; mais le cheval que vous venez de voir est Wanderlust qui, comme vous avez pu le constater, obéit en effet à la cravache.

Un silence de mort suivit mes paroles. Il fut finalement rompu par Cranfield qui s'éclaircit la gorge :

— Hughes a tout à fait raison. C'est Wanderlust.

Je notai avec amusement qu'il ne s'en était pas rendu compte avant que j'en fisse la remarque. Les gens ne sont que trop enclins à croire tout ce qu'on leur dit.

Un rapide échange de propos chuchotés me parvint. Je ne fis rien pour les aider, jugeant qu'ils n'avaient qu'à se débrouiller eux-mêmes.

Finalement, lord Gowery demanda :

— Est-ce que quelqu'un a un registre des partants ?

Sur quoi, un fonctionnaire assis près de la porte sortit en chercher un. Gowery l'ouvrit et examina longuement les résultats de la réunion de Reading.

— A ce qu'il semble, dit-il d'une voix contrainte, une erreur a été commise en ce qui concerne le film. Squelch a couru à Reading la sixième épreuve qui, bien entendu, est généralement la dernière. Cependant, il apparaît maintenant que sept épreuves ont eu lieu ce jour-là, la course des novices ayant été coupée en deux, une moitié courue au début et l'autre à la fin de la réunion. Wanderlust a gagné la septième course. Un malentendu tout à fait compréhensible, à mon sens.

A mon avis, si j'avais déclaré que je trouvais ce malentendu absolument scandaleux, pour ne pas dire criminel, ça ne m'aurait pas avancé.

Au lieu de quoi, j'ai demandé courtoisement :

— Serait-il possible à présent, monsieur, de passer le vrai film ? L'épreuve que Squelch a gagnée.

Lord Gowery s'éclaircit la gorge :

— Je ne pense pas que nous l'ayons ici. De toute manière, enchaîna-t-il aussitôt, c'est sans intérêt. Ce film n'a aucun rapport avec l'enquête qui concerne les résultats à Oxford, et non à Reading.

J'en ai eu le souffle coupé. Absolument abasourdi.

— Mais, monsieur, si vous regardez la course de Squelch, vous verrez que je l'ai monté à Reading exactement de la même manière qu'à Oxford, sans me servir de ma cravache.

— Ceci est en dehors de la question, Hughes ; Squelch n'a peut-être pas eu besoin de la cravache à Reading alors qu'à Oxford, il en aurait eu effectivement besoin.

Je protestai :

— Là est précisément la question, monsieur. J'ai monté Squelch à Oxford exactement de la même façon que quand il a gagné à Reading. Seulement, à Oxford, il s'est fatigué.

Lord Gowery ne prêtait aucune attention à mes paroles. Après avoir lorgné les commissaires qui le flanquaient à droite et à gauche, il déclara :

— Nous n'avons plus de temps à perdre. Il y a trois ou quatre témoins que nous devons entendre avant le déjeuner.

Le plus âgé des commissaires, l'ensommeillé, hocha la tête en consultant sa montre, et le plus jeune fit de même en évitant de rencontrer mon regard. Je le connaissais très bien depuis ses débuts de gentleman-rider, et j'avais souvent couru contre lui. Nous avions tous été satisfaits de le voir nommé commissaire, car il connaît d'expérience les sortes d'incidents bizarres qui peuvent se produire dans les courses et donner au type le plus doué des allures de minus, et nous avions pensé qu'il ferait valoir et expliquerait toujours notre point de vue. A son regard baissé et à sa mine plutôt honteuse, je compris que nous avions trop espéré. Jusqu'ici, il n'avait pas placé un seul mot dans la discussion, et, bien que ça me parût extraordinaire, il avait l'air intimidé.

Du temps qu'il n'était qu'Andrew Tring tout court, il se montrait enjoué, amusant et presque téméraire pour aborder les obstacles. A en juger par son attitude présente, son titre de baronnet, récemment hérité, et sa nomination encore plus récente au rang de commissaire semblaient lui avoir ôté tous ses moyens.

Quant à lord Plimborne, le vieil endormi, j'en savais fort peu à son sujet, en dehors de son nom. Il semblait avoir plus de soixante-dix ans, et je remarquai qu'il avait vaguement la tremblote, comme si la vieillesse l'ébranlait et allait bientôt l'achever. En vérité, pensai-je, il n'a pas entendu ni compris le quart de ce qui a été dit.

Une enquête est généralement présidée par trois commissaires, mais ce jour-là, il y en avait quatre. Le quatrième, assis à la gauche d'Andrew Tring, n'appartenait même pas, autant que je sache, à la commission de discipline. N'empêche qu'il avait devant lui une pile de paperasses aussi épaisse que les autres, sinon davantage, et qu'il écoutait chaque mot avec la plus vive attention. J'ignorais son rôle exact dans cette histoire, mais aucun doute n'était possible : Wykeham, deuxième baron Ferth, attachait de l'importance au dénouement.

Il était le seul des quatre à paraître sincèrement déconcerté par cette erreur de films, et il dit en aparté, mais d'une voix toutefois assez forte pour que nous entendions, Cranfield et moi :

— Je vous avais déconseillé de projeter la course de Reading, vous rappelez-vous ?

Gowery le transperça d'un regard glacial qui eût anéanti un type à l'épiderme plus sensible que Ferth, mais le baron semblait animé d'un feu intérieur, et ça ne lui fit aucune impression.

— Vous vous étiez déclaré d'accord pour ne pas intervenir, fit Gowery, également à mi-voix, d'un ton cassant. Je vous saurais gré de bien vouloir vous en tenir là.

Cranfield, à mon côté, s'est agité avec stupéfaction, et aujourd'hui encore, en ce moment même, quand je pense à cette escarmouche venimeuse, elle me paraît plus incroyable que jamais.

II

Quand les chevaux sont de retour à midi de leur second exercice, mon cousin Tony monte bruyamment l'escalier et il entre ; il enfonce à chaque pas fumier et paille dans mon tapis. C'est à son écurie, et non à celle de Cranfield, que je suis attaché à demeure. Il possède trente boxes pour trente-deux chevaux, une maison, une femme, quatre enfants et un compte à découvert. Dix nouveaux boxes sont en cours de construction, le cinquième gosse est en route depuis cinq mois, et le compte à découvert commence à tourner à la catastrophe. Je dispose, pour mon usage personnel, de l'appartement situé de l'autre côté de la cour, et je monte tous les chevaux qui se présentent.

Une vie très normale. Et, depuis trois ans que nous sommes installés ici, un arrangement de plus en plus heureux. Ma suspension signifie que Tony et les propriétaires des chevaux seront obligés de trouver un autre jockey.

Il se laisse choir, l'air sombre, dans un fauteuil recouvert de velours vert.

— Ça va ?

— Ça va.

— Donne-moi un coup à boire, pour l'amour de Dieu !

Je verse une bonne demi-tasse de J & B dans un grand verre.

— De la glace ?

— Nature.

Je lui passe le verre qu'il entame aussitôt. Il se réanime à vue d'œil. Il observe le niveau en baisse du verre et demande :

— Qu'est-ce que tu vas faire ?

— Je ne sais pas exactement.

Puis je me reprends :

— Il faut que je voie quelqu'un qui a assisté récemment à une enquête.

— Laisse tomber et oublie tout ça, me conseille-t-il. Ça ne sert à rien de comparer ses cicatrices.

Je ris. Ce qui est quelque chose, vu les circonstances.

Je m'explique :

— Ce n'est pas une question de talion. C'est uniquement parce que je voudrais savoir si ce qui s'est passé hier était... disons, inhabituel. La procédure, veux-je dire. Dans le principe et dans les formes. En oubliant que la plupart des témoignages étaient truqués.

— C'est ça que tu marmottais sans arrêt en rentrant ? Les seules paroles que tu aies prononcées dans ton abîme de silence ?

— Voici surtout ce que je disais : « Ils n'ont pas cru un mot de ce que nous disions. »

— Alors, qui a truqué quoi ?

Voilà la question.

Il se remet lourdement debout.

— Il est temps de rentrer déjeuner. Faut que j'aille donner leur becquée de vermisseaux aux petits oiseaux qui m'attendent...

— C'est des vermisseaux, aujourd'hui ?

— Va savoir ! Poppy te fait dire de venir si tu en as envie.

Je secoue la tête.

— Faut que tu manges, quand même ! proteste-t-il.

— Bien sûr.

Il m'observe d'un œil rêveur :

— Je suis sûr que tu t'en tireras.

Il repose son verre vide.

— Nous sommes là, tu le sais bien, si tu as besoin de quelque chose. De la compagnie, bectance, odalisques... Les petits détails.

J'exprime mes remerciements en hochant la tête, et il s'en retourne bruyamment. Il n'a pas dit un mot de ses chevaux, de leurs courses ni des autres jockeys qu'il va être obligé d'embaucher. Il m'a tu que ça serait gênant pour lui si je continuais d'occuper cet appartement.

Je ne sais que faire. Cet appartement, c'est mon chez-moi. Mon seul foyer. Conçu, transformé, meublé par moi. Je l'apprécie, et je n'ai nulle envie de le quitter.

Je passe dans la chambre à coucher.

Lit à deux places, mais oreillers pour une seule personne.

Sur la commode, dans un cadre en argent, une photo de Rosalind. Il y avait deux ans que nous étions mariés quand elle est partie, comme de coutume, passer un week-end avec ses parents. Je venais de courir cinq épreuves à Market Rasen, le samedi, quand un policier s'est amené dans la salle des balances, en fin d'après-midi, pour m'annoncer froidement que mon beau-père, en route avec sa femme et la mienne pour rendre visite à des amis, et roulant sous une pluie battante, avait mal apprécié la distance au moment de doubler une voiture et foncé tout droit sur un camion ; ils avaient trouvé tous les trois une mort instantanée.

Quatre ans ont passé. Il m'arrive assez souvent de ne plus pouvoir me rappeler sa voix. D'autres fois, j'ai l'impression qu'elle est dans la pièce voisine. Je l'aimais passionnément, mais je ne souffre plus. Quatre années, c'est long.

Comme je voudrais qu'elle soit là, avec son tempérament impétueux et sa farouche loyauté, que je puisse lui raconter l'enquête, partager ma tristesse avec elle et me faire consoler...

Cette enquête...

Le premier témoin appelé par Gowery fut le jockey qui avait terminé troisième dans la Lemonfizz Cup, à deux ou trois longueurs derrière Squelch. Agé d'une vingtaine d'années, rond de visage et insuffisamment mûri, l'apprenti Charlie West est un garçon pas mal doué, mais peu enclin à s'imposer une discipline. Il a de lui-même une très haute opinion et court le risque de gâcher son avenir, car il croit apparemment que les règlements ne sont faits que pour les autres.

La splendeur de Portman Square et tout l'apparat de l'enquête semblaient l'avoir subjugué. Il est entré dans la pièce d'un air timoré et il est resté immobile, à la place qu'on lui avait indiquée, à l'un des bouts de la table des commissaires : à leur gauche et à notre droite. Il gardait les yeux baissés et n'a élevé son regard qu'une ou deux fois pendant tout le temps qu'a duré sa déposition. Pas une seule fois il n'a regardé Cranfield, ni moi.

Gowery lui a demandé s'il se rappelait la course.
— Oui, monsieur.
Un murmure à peine audible.
— Parlez plus fort ! a dit Gowery d'un ton irrité.
Le sténographe s'est levé et a déplacé le micro pour le rapprocher de Charlie West. Charlie se raclait la gorge.
— Que s'est-il passé pendant cette course ?
— Eh bien, monsieur... Est-ce que je dois tout raconter depuis le commencement, monsieur ?
— Les détails secondaires ne sont d'aucune utilité, West, a riposté Gowery avec impatience. Racontez-nous simplement ce qui est arrivé à l'autre bout du terrain, pendant le deuxième parcours.
— Je vois, monsieur. Eh bien... Kelly... enfin Hughes, je veux dire, monsieur... Hughes... Eh bien... ma foi...
— West, venez-en au fait !
La voix de Gowery fit éclore des taches pourpres sur le cou de Charlie West. Il avala péniblement sa salive.
— Vers le tournant, à l'autre bout du terrain, monsieur, à l'endroit où on ne voit plus les tribunes pendant quelques secondes... eh bien, ma foi... arrivé là, monsieur... Hughes a tiré tout d'un coup sur les rênes, monsieur, pour retenir son cheval... ma foi...
— Et qu'est-ce qu'il a dit en faisant ça, West ?
— Il a dit : « Parfait. On met les freins, les gars », monsieur.
Bien que tout le monde ait parfaitement entendu et qu'on ait eu l'impression qu'une épingle tombant sur le tapis ferait autant de bruit qu'un coup de tonnerre, Gowery reprit d'un ton chargé de sens :
— Répétez-le, s'il vous plaît, West.

— Hughes a dit : « Parfait. On met les freins, les gars ! », monsieur.

— Et d'après vous, que voulait-il dire par là, West ?

— Eh bien, monsieur, qu'il ne se forçait pas, ma foi. Il dit toujours ça quand il retient son cheval pour éviter l'effort.

— Toujours ?

— Ma foi, à peu près, monsieur.

Un silence impressionnant suivit.

Puis Gowery reprit cérémonieusement la parole :

— Monsieur Cranfield... Hughes... vous êtes libres de poser des questions à ce témoin, si tel est votre désir.

Je me mis lentement debout.

— Prétendez-vous sérieusement, demandai-je avec amertume, qu'à un moment quelconque de la Lemonfizz Cup, j'aie retenu Squelch en disant : « Parfait. On met les freins, les gars ! » ?

Il a hoché la tête. Il s'était mis à transpirer.

— Répondez à haute voix, s'il vous plaît, ai-je lancé.

— Oui. Vous l'avez dit.

— Non.

— Je vous ai entendu.

— C'est impossible, vous n'avez pas pu m'entendre dire ça.

— Je vous ai entendu.

Je me suis tu. Tout bonnement, je ne savais plus quoi répondre. Ça ressemblait trop à une querelle d'écoliers dans une cour de récréation : « Non, je ne l'ai pas fait. » — « Si, tu l'as fait. » — « Non, je l'ai pas fait. » — « Si, tu l'as fait. »

Je me suis rassis. Tous les commissaires, et tous les fonctionnaires rangés derrière eux, avaient les yeux fixés sur moi. Je me rendais compte que tous, jusqu'au dernier, croyaient West.

— Hughes, cette expression vous est-elle habituelle ?

La voix de Gowery ressemblait à du vitriol.

— Non, monsieur.

— Ne vous en êtes-vous jamais servi ?

— Pas dans la Lemonfizz Cup, monsieur.

— J'ai demandé, Hughes, si vous ne vous en êtes jamais servi !

Mentir ou ne pas mentir...

— Si, monsieur ! je l'ai utilisée une ou deux fois. Mais pas avec Squelch dans la Lemonfizz Cup.

— C'est assez de l'avoir prononcée, Hughes. Nous tirerons nos propres conclusions, quant aux circonstances dans lesquelles ça s'est produit.

Il repoussa une feuille de papier sous sa pile de paperasses et en prit une autre qu'il consulta du regard purement symbolique, aveugle, de ceux qui connaissent leur sujet par cœur. Puis il poursuivit :

— A présent, West, dites-nous ce qu'a fait Hughes après avoir prononcé ces paroles.

— Monsieur, il a retenu son cheval, monsieur.

— Comment le savez-vous ?

La question n'était que de pure forme. Il la posait du ton de celui qui en connaît d'avance la réponse.

— J'étais tout à côté de Hughes, monsieur, quand il a dit de freiner. Après, il s'est voûté, monsieur, et puis, tout d'un coup, il était derrière moi, euh... comme s'il laissait tomber, ma foi...

Cranfield a lancé, furieux :

— Mais il a terminé avant vous !

— Oui, monsieur.

Charlie West leva vivement son regard vers lord Gowery ; il ne s'adressait qu'à lui.

— Mon vieux cheval ne pouvait pas suivre, monsieur. Alors, Hughes m'a rattrapé et dépassé quand on est arrivés sur l'avant-dernier obstacle.

— Et comment Squelch a-t-il sauté cet obstacle ?

— Facilement, monsieur. Juste à la seconde, monsieur. Jolie battue, ma foi, monsieur !

— Hughes soutient que Squelch était extrêmement fatigué à ce moment-là.

Charlie West a marqué une petite pause. Finalement, il a répondu :

— Pour ça, je n'en sais rien, monsieur. Ma foi, j'ai bien pensé que Squelch allait gagner, monsieur. Et avec ça, j'ai toujours idée qu'il aurait dû gagner, monsieur, vu le cheval que c'est, monsieur.

Gowery jeta un coup d'œil à gauche, puis à droite, pour s'assurer que ses collègues avaient bien enregistré ce point.

— De votre position pendant les dernières phases de la course, West, avez-vous pu vous rendre compte si, oui ou non, Hughes faisait tout son possible pour gagner ?

— Ma foi, il en avait pas l'air, monsieur, et c'était plutôt étonnant, monsieur...

— Étonnant ?

— Mais oui, monsieur. Vu que Hughes, c'est un artiste dans le genre. Vous comprenez, monsieur.

— Un artiste dans quel genre ?

— Eh bien, pour courir c'qu'a l'air d'un finish du tonnerre quand on le voit des tribunes, alors qu'il retient tout le temps son cheval comme un enragé, monsieur.

— Hughes a coutume de ne pas courir pour gagner ?

Charlie West a été catégorique :

— Oui, monsieur.

— Je vous remercie, West, a dit lord Gowery avec une politesse étudiée. Vous pouvez aller vous asseoir là-bas, dans le fond de la salle.

Charlie West a détalé comme un lapin, gagné la rangée de fauteuils réservés à ceux qui avaient terminé leur déposition.

Gowery a dit à un fonctionnaire :

— Faites entrer M. Newtonnards !

Un instant s'écoula, puis M. Newtonnards se matérialisa ; il émergea de l'antichambre, un bouton de rose rouge à la boutonnière et un grand registre bleu sous le bras, pour se diriger vers le bout de la table des commissaires réservé aux témoins. A la différence de Charlie West, il avait l'air sûr de lui et nullement intimidé. S'apercevant que tout le monde était assis, il regarda autour de lui pour découvrir un siège et, n'en voyant pas, en réclama un.

Après une fraction de seconde, Gowery adressa un signe de tête au préposé posté près de la porte, pour qu'il avance un fauteuil dans lequel M. Newtonnards pût déposer sa volumineuse personne, bichonnée et tirée à quatre épingles dans un complet gris perle.

Lord Gowery saisit une paperasse de sa pile et, une fois de plus, j'eus l'impression qu'il en connaissait le contenu par cœur.

— Monsieur Newtonnards.

— Oui, my Lord.

Il avait un soupçon d'accent cockney, émoussé par des années de cigares et de champagne. A mi-chemin entre la quarantaine et la cinquantaine, je pense, loin d'être un imbécile, connaissant le monde et possédant des amis dans les milieux du spectacle. A peu de chose près, c'était bien ça : il s'avéra que M. Newtonnards était bookmaker.

— Monsieur Newtonnards, lui dit Gowery, voudriez-vous avoir l'obligeance de nous parler d'un certain pari que vous avez pris dans l'après-midi du jour de la Lemonfizz Cup ?

— Oui, my Lord. J'étais à ma place habituelle, à Tattersall, quand le type en question est venu me demander de prendre cinquante livres sur Cherry Pie.

Il s'arrêta là, comme s'il avait estimé inutile d'en dire plus.

Gowery entreprit de l'aiguillonner un peu.

— Voudriez-vous, s'il vous plaît, décrire cet homme, et nous dire également quelle suite vous avez donnée à sa demande ?

— Le décrire ? Attendez voir... Il n'avait rien de spécial. Un type assez grand, avec un pardessus fauve. Il avait un chapeau mou marron et portait une paire de jumelles en bandoulière. D'âge moyen, il me semble. Il avait peut-être une moustache, mais je ne me rappelle pas bien, à vrai dire.

Un signalement qui correspondait à celui de la moitié des turfistes.

— Il m'a demandé quelle cote je lui donnais sur Cherry Pie, poursuivit Newtonnards. Je n'avais pas inscrit de cote sur mon tableau, vu que Cherry Pie était un outsider parmi les autres... Je lui ai proposé dix, mais il a trouvé que ce n'était pas assez et il a eu l'air de vouloir s'adresser plus loin. Eh bien...

Newtonnards agita d'un geste expressif une main aux doigts boudinés.

— ... comme les affaires n'étaient pas tellement brillantes, je lui ai proposé cent contre six. Vu les circonstances, on ne pouvait vraiment pas faire mieux, n'est-ce pas ? Il n'y avait que huit partants dans cette épreuve. La décision la plus désastreuse que j'ai prise depuis longtemps.

Une expression de mélancolie mêlée de résignation s'étendait sur ses traits replets.

— Ainsi, quand Cherry Pie a gagné, vous avez déboursé ?

— C'est ça. Il m'a aligné cinquante fafiots. Moi, je lui en ai payé neuf cents.

— Neuf cents livres ?

— C'est ça, my Lord, confirma Newtonnards avec aisance. Neuf cents livres !

— Et vous êtes en mesure de nous montrer l'enregistrement de ce pari ?

— Certainement.

Il ouvrit le grand registre bleu à une page marquée d'avance.

— A gauche, juste au milieu de la page. Coché d'une croix rouge. Neuf cent cinquante, numéro du ticket : neuf-sept-deux.

Le registre passa d'un commissaire à l'autre, le long de la table. Plimborne s'était réveillé pour la circonstance, et tous les quatre scrutaient la page. Le registre revint dans les mains de Newtonnards qui le referma et le posa à plat devant lui.

— Nous enquêtons pour identifier le parieur qui a gagné ces neuf cents livres sur Cherry Pie, fit Gowery.

Je frissonnai. Si West pouvait mentir, d'autres aussi en étaient capables.

— Comme je vous l'ai dit dans ma déposition, my Lord, je ne connais pas son nom. Quand il est venu me trouver, j'ai eu l'impression de l'avoir déjà rencontré. Mais on voit un tas de gens dans mon boulot. Ça ne m'a pas frappé. Vous comprenez ? Avant que je l'aie payé. Et même après la dernière course, à vrai dire. Seulement quand j'ai pris ma bagnole pour rentrer chez moi. Là, ça m'est revenu tout d'un coup et ça m'a coupé le souffle, croyez-moi.

— Voulez-vous, s'il vous plaît, vous expliquer plus clairement ? fit Gowery d'un ton patient.

La patience d'un chat guettant un trou de souris. La gourmandise qui fait saliver.

— Ce n'était pas tellement à cause de lui, mais à cause de la personne avec qui je l'avais vu parler. Debout devant la clôture du Rond, avant la première course. Je ne sais pas pourquoi je m'en souviens spécialement, mais en tout cas, c'est comme ça.

— Et avec qui avez-vous vu parler ce particulier ?

— Avec lui !

Il tourna la tête dans notre direction.

— Monsieur Cranfield.

Cranfield se leva d'un bond.

— Auriez-vous dans l'idée que j'ai conseillé à votre client de miser sur Cherry Pie ?

Sa voix tremblait d'indignation.

— Non, monsieur Cranfield, répondit Gowery d'un ton frigorifiant. Mon idée serait plutôt que ce particulier agissait pour votre compte et que c'est vous-même qui avez misé sur Cherry Pie.

— C'est un abominable mensonge.

Son démenti tombait sur des oreilles sourdes.

— Où est cet homme mystérieux ? demanda-t-il. Cet individu inexistant, non identifié et non identifiable ? Comment pouvez-vous inventer une histoire pareille et la présenter comme une preuve sérieuse ? C'est absurde ! Complètement et absolument absurde !

— Le pari a été inscrit, rétorqua sèchement Gowery en indiquant le registre du geste.

— Et je vous ai vu en conversation avec le client, corrobora Newtonnards.

Cranfield en eut la respiration coupée ; il était à court de mots pour exprimer sa fureur, et n'ayant, comme moi, rien trouvé pour contrer les affabulations accumulées contre nous, il finit par s'asseoir.

— Monsieur Newtonnards, dis-je, reconnaîtriez-vous votre client ?

Il n'hésita qu'une fraction de seconde.

— Oui, je le reconnaîtrais.

— L'avez-vous revu aux courses depuis le jour de la Lemonfizz ?

— Non.

— Si vous le revoyez, le désignerez-vous à lord Gowery ?

— Si lord Gowery est aux courses.

Ce qui fit sourire plusieurs fonctionnaires assis dans le fond. Mais Newtonnards, il faut lui rendre cette justice, ne sourit pas.

Cranfield s'était remis debout :

— Loin d'avoir misé sur Cherry Pie, j'ai joué Squelch. Vous pouvez le vérifier chez mon propre bookmaker.

Gowery ne répondit même pas. Cranfield répéta sa déclaration.

— Oui, oui, sans doute, fit Gowery. Mais c'est tout à fait à côté de la question.

Cranfield se rassit en oubliant de refermer la bouche. Je savais exactement ce qu'il ressentait. Pas tellement le sentiment de se cogner la tête contre un mur de briques. Plutôt l'impression qu'un rocher vous dégringole dessus.

Ils avaient fait signe à Newtonnards de se retirer, et il s'en alla d'un pas tranquille s'installer à côté de Charlie West. Ce qu'il avait dit restait derrière lui, ancré dans la tête des fonctionnaires. Pas un seul n'avait exigé la moindre corroboration. Aucun n'avait exprimé l'idée qu'il puisse s'agir d'une erreur de personne. Leur conviction était écrite sur leurs visages : si quelqu'un avait joué Cherry Pie pour gagner neuf cents livres, ce ne pouvait être que Cranfield.

Gowery n'avait pas terminé. Avec une tranquille satisfaction, il saisit une autre feuille de papier :

— Monsieur Cranfield, j'ai ici une attestation émanant d'une certaine Mme Joan Jones, préposée au guichet de cinq livres du totalisateur, dans le paddock, le jour de la Lemonfizz Cup, et qui déclare avoir vendu dix tickets « gagnant » sur un cheval numéro huit à un homme d'âge moyen, portant un pardessus couleur fauve et un chapeau mou. J'ai également ici une attestation analogue, d'un certain M. Leonard Roberts, payeur au guichet de cinq livres dans la même bâtisse, en cette même occasion. Ces deux employés au totalisateur se souviennent tous deux très bien de ce client car c'étaient à peu près les seuls tickets de cinq livres vendus sur Cherry Pie, et à coup sûr les seuls vendus d'un coup en pareille quantité. Le totalisateur a payé à cet homme plus de onze cents livres en espèces. M. Roberts lui a conseillé de ne pas garder une telle somme sur lui, mais l'homme n'en a pas tenu compte.

De nouveau, un silence accusateur régnait dans la salle. Cranfield semblait complètement désemparé. Il cherchait une riposte et ne trouvait rien. Cette fois, je le fis à sa place.

— Monsieur, cet homme n'a-t-il misé sur aucun autre cheval dans cette épreuve, au totalisateur ? Les a-t-il joués tous, ou deux ou trois, ou quatre, et simplement remporté le gagnant par hasard ?

— Il n'y a pas eu de hasard dans cette affaire, Hughes.

— Mais n'a-t-il misé en réalité sur aucun autre cheval ?

Silence absolu.

— Vous vous êtes tout de même renseigné ? ai-je repris d'un ton mesuré.

Si quelqu'un avait cherché à se renseigner, Gowery n'en savait rien. Tout ce qu'il connaissait, c'étaient les attestations écrites. Il me foudroya du regard :

— On ne mise pas cinquante livres sur un outsider sans avoir de bonnes raisons de penser qu'il va gagner.

— Mais, monsieur...

— Cependant, poursuivit-il, nous nous renseignerons.

Il fit une annotation au bas de l'une des attestations.

— Ça me paraît extrêmement improbable. Mais nous allons éclaircir la question.

Pas un mot indiquant qu'il attendrait d'avoir la réponse avant de prononcer son verdict. Et, en effet, il ne le fit pas.

III

Après Newtonnards, ils avaient fait comparaître Tommy Timpson qui montait Cherry Pie.

Tommy Timpson monte les champions en second que Cranfield veut bien lui confier. Cranfield base ses variations sur trois jockeys : moi-même, Chris Smith (actuellement, et depuis un bon moment, en traitement pour une fracture du crâne) et Tommy. Cranfield a laissé Tommy ramasser les miettes. Tommy méritait mieux, mais de même que beaucoup d'autres entraîneurs, Cranfield ne sait pas reconnaître le talent quand il l'a sous le nez, et ce n'est que lorsque plusieurs petits entraîneurs locaux ont sollicité Tommy que Cranfield s'est rendu compte qu'il avait un jockey utile et prometteur dans sa propre écurie.

Candide, dix-neuf ans, et affecté d'un bégaiement, Tommy n'est guère apparu à son avantage à l'enquête. Il avait l'air aussi effrayé qu'une pouliche de deux ans devant sa première barre, et même s'il n'y pouvait rien, le pauvre, il mourait de frousse et ça ne nous a guère arrangés, Cranfield et moi, au contraire.

Lord Gowery n'a rien fait pour le mettre à son aise ; il s'est contenté de lui poser des questions et l'a laissé se dépatouiller comme il pouvait pour y répondre.

— Quels sont les ordres que M. Cranfield vous avait donnés, avant la course, au sujet de Cherry Pie ? Vous avait-il recommandé de courir pour gagner ?

Tommy bredouilla, bégaya, et répondit que M. Cranfield lui avait ordonné de rester immédiatement derrière Squelch pendant tout le parcours, et d'essayer de le dépasser après le dernier obstacle.

Cranfield lança avec indignation :

— C'est ce qu'il a fait ! Pas ce que je lui ai dit de faire.

Gowery l'écouta, tourna la tête vers Tommy et lui demanda :

— Voulez-vous nous dire quelles directives M. Cranfield vous avait données avant la course ? Réfléchissez bien, je vous prie.

Tommy déglutit, adressa à Cranfield un regard de supplicié et fit une nouvelle tentative.

— M... m... m... monsieur Cranfield m... m... m'a dit de m... m... me régler sur S... S... Squelch et de rester avec lui aussi... aussi longtemps que possible.

— Et vous a-t-il dit de gagner ?

— Il a dit év... év... évidemment, allez-y et ga... ga... gagnez s... s... si vous pouvez, m... m... monsieur.

Des directives absolument impeccables. Il fallait vraiment être d'un esprit soupçonneux, d'une mauvaise foi incroyable, pour y apercevoir une vilenie quelconque. Mais si l'esprit de ces commissaires n'était pas soupçonneux et partial, ma foi, il tomberait de la neige au Sahara.

— Avez-vous entendu M. Cranfield donner des instructions à Hughes sur la manière de monter Squelch ?

— N... n... non, m... m... monsieur, m... m... monsieur Cranfield n... n... n'a pas donné de directives du tout à Hughes, m... m... monsieur.

— Pourquoi ?

Tommy s'en est tiré en disant qu'il ne savait pas. Cranfield, furieux, a remarqué que ledit Hughes avait monté ce cheval vingt fois et savait comment le faire courir.

— Ou peut-être en aviez-vous discuté avec lui à l'avance, en particulier ?

Cranfield n'a pas trouvé de réponse explosive car, bien naturellement, nous en avions discuté avant l'épreuve. D'une manière générale. En évaluant les concurrents. Question habituelle de stratégie.

— J'ai discuté de la course avec lui, bien entendu. Mais je ne lui ai donné aucune directive spéciale.

— Ainsi, à vous en croire, dit lord Gowery, vous avez compté sur vos deux jockeys pour faire leur possible et essayer de gagner ?

— En effet. Mes chevaux font toujours de leur mieux.

Gowery secoua la tête.

— Votre affirmation n'est pas corroborée par les faits.

— Me traitez-vous de menteur ? demanda Cranfield.

Gowery ne répondit pas. N'empêche que c'était bien ce qu'il faisait.

Après quoi, ils ont vidé Tommy Timpson qui ne demandait pas mieux, cependant que Cranfield bouillonnait de colère à côté de moi. Pour ma part, je me sentais de plus en plus frigorifié, et même en forçant le chauffage central, personne n'aurait pu l'empêcher. Je me suis alors imaginé qu'à présent tout était dit, qu'on ne pourrait vraiment plus rien inventer, mais j'avais tort. Ils avaient gardé le pire pour la fin, accumulant une pyramide de dépositions accablantes jusqu'à pouvoir la couronner, puis prendre un peu de recul pour admirer leur édifice carré, solide, inébranlable.

Le pire nous a paru, à première vue, tellement inoffensif : un type mince, tranquille, au début de la trentaine, doté d'une de ces têtes qu'on ne se rappelle jamais. Vingt-quatre heures plus tard, je ne suis pas capable d'évoquer ses traits ni de me souvenir de sa voix. Et pourtant... Je ne peux penser à lui sans éprouver une rage folle, mais impuissante, qui me secoue de la tête aux pieds.

Il se nommait David Oakley. Profession : enquêteur privé. Adresse : Birmingham.

Il se tenait debout, à l'extrémité de la table des commissaires, très calme ; il avait sorti un carnet à reliure en spirale qu'il n'a pas cessé de consulter. Du début jusqu'à la fin, pas l'ombre d'un sentiment n'est venue altérer ses traits, ses manières, ni même son regard.

— Suivant des instructions que j'avais reçues, j'ai rendu visite, deux jours après la Lemonfizz Crystal Cup, au domicile de Kelly Hughes, jockey, des écuries d'entraînement Corrie House, à Corrie, dans le Berkshire.

Je m'étais redressé en sursautant, et j'ouvrais la bouche pour le démentir, mais avant que j'aie pu placer un seul mot, il poursuivit d'une voix lisse :

— M. Hughes n'était pas chez lui, mais la porte était ouverte. Alors, je suis entré l'attendre. J'ai alors remarqué certaines choses.

Là, il a fait une pause.

— Qu'est-ce que cette histoire ? me demanda Cranfield.

— Je n'en sais rien. C'est la première fois de ma vie que je le vois.

Gowery enchaînait, véritable rouleau compresseur :

— Vous avez trouvé certains objets ?

— Oui, my Lord.

Sur quoi, Gowery a sorti trois grandes enveloppes. Il en a présenté une à Tring et une autre à Plimborne. Ferth les avait devancés : il avait ouvert une enveloppe semblable dès qu'Oakley avait fait son entrée, et il m'observait à présent avec une expression dans laquelle je croyais lire du mépris.

Les enveloppes contenaient chacune une photo.

— La photographie montre des objets que j'ai trouvés sur une commode, dans la chambre à coucher de Hughes.

Andy Tring regardait, regardait encore, puis il leva la tête avec une expression horrifiée ; il rencontra par hasard mon regard pour la première et unique fois, du reste. Il détourna les yeux en vitesse, d'un air gêné et écœuré.

— Je veux voir cette photo, ai-je réclamé d'une voix rauque.

— Certainement.

Lord Gowery tourna l'épreuve qu'il tenait et la fit glisser à travers la table. Je me levai et parcourus les trois pas qui me séparaient de la table des commissaires pour examiner le cliché.

Pendant plusieurs secondes, je n'ai pas bien compris ce qu'il représentait ; puis, ayant saisi, mais refusant d'en croire mes yeux, je suis resté sans voix. La photo avait été prise au-dessus de la commode. Une épreuve remarquablement nette. On y voyait le bas du cadre en argent et la moitié du visage de Rosalind, et sous le cadre, comme si on s'en était servi en guise de presse-papier, dépassait une feuille portant la date du lendemain de la Lemonfizz Cup. Trois mots y étaient écrits et deux initiales. « Comme convenu. Merci. D.C. »

En diagonale, au bas de la feuille et étalés en éventail comme un jeu de cartes, on voyait un nombre impressionnant de billets de dix livres.

J'ai levé les yeux et rencontré ceux de lord Gowery, et la conviction que j'y ai lue m'a presque fait chanceler.

— C'est un faux, ai-je dit.

Ma voix m'a semblé bizarre.

— Un faux absolu.

— Qu'est-ce que c'est ? ai-je entendu demander Cranfield derrière moi et, dans sa voix, on pouvait déceler la crainte d'une catastrophe.

J'ai pris la photo et la lui ai portée ; je ne me sentais même plus marcher sur le tapis. Quand il s'est rendu compte de la signification de ce cliché, il s'est levé lentement puis, d'une voix contenue et mordante, il a solennellement déclaré :

— Messieurs, si vous croyez cela, vous croirez n'importe quoi.

Ce qui n'a impressionné absolument personne.

Gowery s'est contenté de remarquer :

— C'est bien votre écriture, il me semble ?

Cranfield a secoué la tête :

— Je n'ai pas écrit cela.

— Veuillez avoir l'amabilité d'écrire ces mêmes mots sur cette feuille, a demandé Gowery en faisant glisser un simple bout de papier à travers la table.

Cranfield a hésité une seconde, puis il s'est approché. Tout le monde savait déjà que les deux échantillons paraîtraient identiques, et c'est bien ce qui est arrivé. Gowery, d'un air entendu, a passé le papier aux autres commissaires qui ont fait la comparaison en hochant la tête.

— C'est un faux, ai-je répété. Je n'ai jamais reçu cette lettre.

Gowery n'a pas pris garde à moi ; il s'était tourné vers Oakley.

— Veuillez nous dire, je vous prie, où vous avez trouvé cet argent.

Oakley a consulté son carnet, sans nécessité, d'ailleurs :

— L'argent était plié à l'intérieur de ce message, retenu par un élastique, et le tout était glissé derrière la photo de l'amie de Hughes que vous voyez sur l'épreuve.

— Ce n'est pas vrai, ai-je lancé.

J'aurais pu m'abstenir, personne ne m'écoutait.

— Vous avez compté l'argent, si je ne me trompe ?

— Oui, my Lord. Il y avait cinq cents livres.

— Il n'y avait pas d'argent du tout, ai-je protesté en vain. Et de toute façon, ai-je ajouté en désespoir de cause, pourquoi réclamer cinq cents livres pour perdre la course, puisque j'aurais touché à peu près autant en la gagnant ?

Pendant un bref instant, j'ai pu croire que j'avais marqué un point. En les faisant réfléchir un peu. Fumée, tout ça. Ils ont trouvé la réponse.

— M. Kessel, le propriétaire de Squelch, a dit sèchement lord Gowery, nous a laissé entendre qu'il vous verse dix pour cent du montant du prix remporté par le gagnant, et que ce versement est opéré par voie administrative, à l'aide d'un chèque. Cela signifie que toute somme dont M. Kessel vous fait cadeau est imposable. Or, selon nos informations, le taux de l'impôt sur le revenu que vous payez étant assez élevé, les dix pour cent de M. Kessel n'auraient atteint que la moitié, ou moins de la moitié des cinq cents livres.

Ils semblaient s'être renseignés à fond sur ma situation financière, avaient fouillé partout. Certes, je n'ai jamais cherché à rien dissimuler, mais cette manière de fureter derrière mon dos me donnait l'impression de me retrouver tout nu. Révolté, et indigné aussi, et en même temps, désespéré, en fin de compte. Ce n'est qu'à ce moment que j'ai eu conscience de m'être inconsidérément accroché à un conte de fées dans lequel tout allait s'arranger, et où on allait forcément me croire, à la fin, car je disais la vérité.

J'ai dévisagé lord Gowery, qui un instant, a croisé son regard avec le mien. Son visage est resté inexpressif, sa manière très calme. Il avait tiré ses conclusions, et rien n'aurait pu l'ébranler.

Lord Ferth, son voisin, avait l'air moins convaincu, mais son ardeur première semblait en grande partie éteinte. Le feu qui l'avait habité ne gênait plus du tout lord Gowery, et tout ce que je pouvais lire sur son visage, c'était une espèce de résignation forcée.

Il ne restait plus grand-chose à dire. Lord Gowery procéda à un bref résumé des témoignages accumulés contre nous : résultats de courses anciennes, non-utilisation de la cravache, déposition de Charlie West, paris engagés sur Cherry Pie, directives données sans témoins avant l'épreuve sur la manière de courir, photo prouvant l'existence d'un pot-de-vin versé par Cranfield à Hughes.

— Il ne fait aucun doute qu'il s'agit ici d'une manœuvre frauduleuse dont le public des champs de course a été la victime. Il n'y a qu'une chose à faire : suspendre vos licences... Ainsi, Dexter Cranfield et Kelly Hughes, vous êtes exclus de Newmarket Heath jusqu'à nouvel ordre...

Blême et tremblant, Cranfield a déclaré :

— Je proteste ! Cette enquête n'a pas été menée d'une manière équitable. Ni Hughes ni moi ne sommes coupables. Ce verdict est scandaleux !

Aucune réaction de la part de lord Gowery. Toutefois, lord Ferth a ouvert la bouche pour la deuxième fois de la séance :

— Hughes ?

— J'ai monté Squelch pour gagner, dis-je. Les témoins ont menti.

Gowery secouait la tête avec impatience.

— L'enquête est close. Vous pouvez partir.

Cranfield et moi avons tous deux hésité, encore incapables d'admettre que tout fût dit. Mais le fonctionnaire posté près de la porte a ouvert le battant et, dans les rangées de fauteuils, on s'est mis à converser en sourdine comme si nous n'étions pas là, et nous avons enfin quitté la pièce. D'un pas raide. J'avais l'impression que ma tête était une espèce de ballon de football flottant dans l'air, et tout mon corps un morceau de glace. Un sentiment d'irréalité.

Plusieurs personnes se tenaient dans l'antichambre lorsque nous sommes sortis, mais je les ai vues comme à travers un brouillard. Cranfield, les lèvres serrées, me précédait à grands pas ; il traversa la pièce en ligne droite pour atteindre la porte de sortie, au fond, et se libéra chemin faisant d'une ou deux mains qui se posaient sur sa manche pour le retenir. Toujours hébété, j'ai esquissé un mouvement pour le rattraper, mais je m'y suis pris trop tard, et j'en ai été efficacement empêché par un type de large carrure qui s'était planté devant moi.

Je l'ai vaguement dévisagé. M. Kessel. Le propriétaire de Squelch.

— Eh bien ? m'a-t-il lancé d'un ton de défi.

— Ils ne nous ont pas crus. Nous sommes suspendus tous les deux.

Les dents serrées, il m'a répondu d'une voix sifflante :

— D'après ce qu'on m'a raconté, ça ne m'étonne pas. Et je vais vous dire une bonne chose, Hughes : même si on vous rend votre licence, vous ne monterez plus jamais pour moi.

J'entends Tony monter à grand bruit l'escalier de mon appartement obscur et m'appeler.

— Kelly ! Tu es là ?

Je me retourne sur le lit, pose mes pieds par terre, m'étire, passe dans le living-room et allume. Il est debout dans l'encadrement de la porte, à l'autre bout de la pièce ; il tient un plateau à deux mains.

— Poppy a insisté, explique-t-il.

Il pose le plateau sur la table et ôte le napperon qui le recouvre. Poppy me fait monter de la croustade de volaille toute chaude, une tomate, et à peu près une demi-livre de brie.

— Elle dit que tu n'as rien mangé depuis deux jours.

— Peut-être pas.

— Alors, vas-y.

D'instinct, il va tout droit à la bouteille de whisky et en verse généreusement dans deux verres.

— Tiens. Pour une fois, bois un coup.

Je prends le verre, avale une gorgée et des gouttes de feu s'enfoncent dans ma poitrine. La première gorgée est toujours la meilleure ! Tony expédie le contenu de son verre d'un seul coup et s'en verse un seconde.

Je mange la croustade, la tomate et le fromage. La faim, que je n'avais pas consciemment éprouvée, se tasse et s'endort, rassasiée.

— Tu peux rester un moment ? je demande à Tony.

— Évidemment.

— Je voudrais te raconter l'enquête.

— Accouche, répond-il d'un air satisfait. J'ai assez attendu.

Je lui expose tout ce qui s'est dit, presque mot pour mot. Chaque détail est resté profondément gravé dans ma mémoire, comme seuls le restent les souvenirs d'une catastrophe.

La stupéfaction de Tony est évidente.

— C'est un coup monté !

— Tu l'as dit.

— Mais le responsable ne peut pas s'en tirer comme ça.

— Il a bien l'air d'avoir réussi.

— Tu n'aurais rien pu dire pour prouver...

— Hier, rien ne m'est venu à l'idée, et c'est ça qui compte. C'est toujours facile de penser à toutes les choses intelligentes et convaincantes qu'on aurait pu raconter : après, quand c'est trop tard.

— Donc, qu'est-ce que tu aurais pu dire, hein ?

— Je crois que, pour commencer, j'aurais dû demander à ce soi-disant enquêteur privé qui l'avait chargé de fouiller mon appartement. « A la suite d'instructions reçues », selon lui. Mais les instructions de qui ? Je n'ai pas pensé à demander ça, hier. Maintenant, je me rends compte que toute l'explication pourrait bien être là.

— Tu as pensé que c'étaient les commissaires qui l'en avaient chargé ?

— Sans doute. Je n'y ai pas vraiment réfléchi. La plupart du temps, j'étais tellement secoué que je ne pouvais pas penser du tout.

— C'étaient peut-être réellement les commissaires ?

— Non. A mon avis, il est tout au plus possible qu'ils aient envoyé un enquêteur. Et encore, quand on y pense objectivement, ça semble plutôt invraisemblable. Mais ce qui est sûr, c'est que tu peux parier à cent contre un qu'ils ne lui auraient pas fourni cinq cents livres et un faux message pour les photographier de façon qu'on constate qu'il s'agit de mon appartement. C'est pourtant ce que ce soi-disant enquêteur a fait. Qui l'en a chargé ?

— Même si tu lui avais demandé, il ne l'aurait pas dit.

— Probable que non. En tout cas, ça aurait pu donner à réfléchir aux commissaires.

Tony secoue la tête.

— Il aurait soutenu qu'il avait trouvé le fric derrière la photo de Rosalind. Sa parole contre la tienne. Ça n'aurait rien changé.

Il plonge un regard sombre dans son verre. Je plonge un regard non moins sombre dans le mien.

— Ce petit fumier de Charlie West, dis-je. Quelqu'un l'a acheté, lui aussi.

— J'imagine que tu n'as pas vraiment dit : « On met les freins, les gars » ?

— Mais si, je l'ai dit. Pas dans la Lemonfizz, évidemment, mais deux semaines avant, dans cette abominable course de novices, à Oxford. Le jour où ils ont annulé les deux dernières courses parce qu'il neigeait. J'avais un sauteur terriblement mauvais que le vieil Almond ne s'était pas donné la peine de faire travailler proprement ; j'ai touché la barre à chaque obstacle, et la moitié des autres partants ne valaient pas mieux, si bien que, à tout un groupe, on s'est retrouvés distancés d'environ vingt longueurs par les quatre chevaux qui avaient un peu de jus. En plus, il tombait de la neige fondue, et comme ça ne me disait rien du tout de me casser la gueule par une température de zéro degré et qu'à ce moment-là on se trouvait justement hors de vue des tribunes, j'ai beuglé : « Parfait, on met les freins, les gars ! » On a été nombreux à ralentir sans se faire prier, et à finir la course sans trop forcer, bien plus lentement qu'on aurait pu si on avait voulu. Ce qui n'a évidemment rien changé aux résultats. Seulement, tu vois, je les ai prononcées, ces paroles. Et en plus, Charlie West m'a entendu. Il les a simplement placées dans une autre course.

— Le salaud.

— Tu l'as dit.

— Il se peut même qu'il n'ait pas été acheté. Il s'est peut-être dit tout bonnement qu'il monterait plus souvent si tu étais éliminé.

J'y réfléchis un instant puis je secoue la tête.

— Je n'aurais jamais imaginé qu'il soit salaud à ce point-là, tout de même.

— On n'est jamais sûr de personne.

Tony termine son verre, puis s'en verse distraitement un autre.

— Et le book ?

— Newtonnards ? Je ne sais rien de lui. Ça doit être pareil, j'imagine. Quelqu'un veut aussi la peau de Cranfield. La machination nous visait tous les deux. Les commissaires ne pouvaient pas condamner l'un sans condamner aussi l'autre. On avait pris soin de nous mettre dans le même bain.

— Ça me rend fou de rage, dit Tony avec violence. C'est infect !

Il sèche le reste du whisky et me recommande de ne pas oublier d'en racheter.

Et l'argent ? Voilà encore autre chose. Depuis hier, je n'ai plus aucun revenu. L'Etat-providence n'accorde pas de secours de chômage pour la catégorie de travailleurs indépendants à laquelle nous appartenons. Pour tous les jockeys, chaque hiver neigeux est l'occasion de s'en souvenir.

— Je vais tirer ça au clair, fais-je brusquement.

— Tirer quoi au clair ?

— Savoir qui a monté ce coup contre nous.

IV

Roberta Cranfield a grande allure dans mon living-room. Je rentre tout juste du village où je suis allé me procurer du whisky, et je la trouve gracieusement blottie sur mon Chippendale restauré. Le velours vert sert de fond à une bonne longueur de jambes et à une robe d'un pourpre intense. Le flamboiement de sa longue et abondante chevelure, couleur de feuillage d'automne, contraste vivement avec mes rideaux. Sous l'auréole des cheveux : un teint laiteux, des sourcils audacieux, des yeux d'ambre, des pommettes photogéniques et une bouche aux lèvres boudeuses.

Elle a dix-neuf ans, et je n'éprouve aucune sympathie pour elle.

Je me demande ce qu'elle vient faire chez moi.

— Puis-je vous offrir une tasse de café ?

— Volontiers, me répond-elle.

Je passe dans la cuisine et remplis le percolateur. Ma cuisine est un panachage de blanc, de marron, de jaune et de cuivre rouge. Ces couleurs-là me plaisent. La couleur est, pour moi, cette sorte de pâture intellectuelle que d'autres, j'imagine, trouvent dans la musique. Je n'aime pas tellement la musique. Je déteste ce genre de bastringue qu'on vous inflige dans les restaurants et les aérobus. Je n'ai pas de tourne-disques car je préfère, de beaucoup, le silence.

Elle surgit du living-room derrière moi et regarde autour d'elle, l'air vaguement surpris.

— Tous les jockeys sont installés comme ça ?

— Evidemment.

— Je n'en crois rien.

Elle examine le placard aux portes de pin d'où j'ai sorti le café.

— Vous faites votre cuisine vous-même ?

— La plupart du temps.

— Des trucs raffinés, comme le chachlik ?

Sa voix est légèrement moqueuse.

— Des biftecks.

Je verse le café bouillant dans deux grandes tasses et lui présente la crème et le sucre. Elle se sert généreusement de la crème, mais dédaigne le sucre, et se perche sur un tabouret à coussin jaune. Ses cheveux de cuivre rouge s'accordent bien, eux aussi, avec la cuisine.

— Vous n'avez pas l'air de vous tracasser, dit-elle.

— A quel sujet ?

— Votre suspension.

Je ne réponds pas.

Elle boit son café lentement, à petites gorgées, en m'observant d'un air songeur par-dessus le bord de sa tasse. Je l'observe à mon tour. Elle est presque de ma taille, extrêmement sûre d'elle-même et froide comme la stratosphère. Je l'ai vue grandir, enfant exigeante, puis petite égoïste à quatorze ans, débutante mondaine impossible à satisfaire et, enfin, tapageuse imitation de mannequin de mode en proie au plus mortel ennui. Pendant les huit années où j'ai couru pour son père, il nous est arrivé de faire de brèves rencontres et d'avoir quelques rares conversations, généralement dans les « ronds » ou devant les pavillons des balances, et chaque fois qu'elle m'a parlé, elle avait l'air de s'adresser à un point situé juste au-dessus de ma tête.

— Vous me rendez les choses difficiles, fait-elle.

— Quelles choses ? Me dire pourquoi vous êtes venue ?

Elle hoche la tête :

— Je croyais vous connaître. J'ai l'impression que non, maintenant.

— A quoi vous attendiez-vous ?

— Eh bien... Père m'a dit que vous étiez né dans une petite ferme où les cochons entraient et sortaient comme ils voulaient.

— Père exagère.

Elle avance le menton pour se défendre de cette familiarité, attitude que j'ai déjà observée cent fois chez elle et chez ses frères. Un geste copié sur les parents.

— Des poules, dis-je. Pas des cochons. Et qu'est-ce qui vous a incitée à venir ici ?

Elle hésite.

— J'ai besoin de votre aide.

— Pourquoi ?

— Pour... pour vous occuper de Père !

Ça me surprend. D'abord, que Père ait besoin qu'on s'occupe de lui, et ensuite qu'elle réclame de l'aide pour ça.

— Quelle sorte d'aide ?

— Je veux que vous alliez lui parler.

Parler, moi, à Cranfield ? Ça me semble à peu près aussi indiqué, comme remède, que le poil à gratter pour un nourrisson. Mais, de toute façon, elle ne me laisse guère la possibilité de me défiler en prétextant l'inutilité de la tentative.

— Quand ?

— Tout de suite... à moins que vous n'ayez autre chose à faire ?

— Non, dis-je avec circonspection.

Elle fait une moue, puis un drôle de petit geste, des deux mains.

— Voulez-vous venir tout de suite, s'il vous plaît ?

Elle semble étonnée elle-même de constater que ce « s'il vous plaît » sonne comme une supplication. Elle s'imaginait sans doute qu'elle allait donner des ordres et non solliciter.

— D'accord.

Cranfield habite dans un hameau, à cinq kilomètres de Lambourne, une maison qui date de la première époque victorienne, et qu'une agence immobilière baptiserait gentilhommière : construite avant que la révolution industrielle n'ait envahi le Berkshire, et tout aussi impénétrable à la révolution sociale survenue cent ans plus tard. C'est une maison qui reste à jamais élégante et pleine de grâce, une charmante maison que j'aime beaucoup. Dommage qu'elle ait de tels propriétaires.

Comme d'habitude, je prends l'allée carrossable qui conduit à l'arrière et me gare dans la cour des écuries. Il y a là un fourgon, avec sa rampe en position, et l'un des lads y fait monter un cheval. Archie, le premier lad, qui dirige l'opération, vient à moi dès que je saute de voiture.

— Tu parles d'une vacherie, dit-il. C'est dégueulasse, voilà c'que c'est, franchement dégueulasse !

— Les chevaux s'en vont ?

— Certains propriétaires ont déjà envoyé leur fourgon. Ils seront tous partis après-demain. (Ses traits tannés expriment un mélange de rage, de regret et d'inquiétude.) Tous les lads sont vidés. Même moi ! Et avec la bourgeoise, on vient justement d'obtenir un prêt hypothécaire sur notre bicoque, une des nouvelles maisons, en haut de la route. Un bungalow-chalet, comme elle en a toujours eu envie. Depuis des années qu'elle s'échine à mettre des sous de côté pour l'avoir ! Maintenant, elle n'arrête pas de pleurer. Il y a qu'un mois qu'on est installés là-dedans. Tu te rends compte ? Comment on va pouvoir payer les échéances, maintenant ? George ! s'exclame-t-il soudain, à l'adresse d'un lad qui jure en houspillant une bête récalcitrante. Ne t'en prends pas au cheval, il n'y est pour rien, lui...

Il traverse la cour, en hâte, pour s'occuper lui-même de la bête qui se calme aussitôt et monte sans difficultés dans le fourgon.

Archie est un excellent premier lad ; c'est même un des meilleurs et Cranfield lui doit, pour une bonne part, sa réussite. Si Archie vend sa maison et s'attelle à un autre boulot, Cranfield ne pourra pas le faire revenir chez lui. La licence d'entraîneur n'est peut-être pas perdue pour toujours, mais le pilier le plus important de l'écurie le sera.

Je vois un autre lad conduire un cheval au fourgon qui l'attend. Il paraît soucieux. Sa femme, je le sais, est sur le point d'accoucher de leur premier enfant.

Certains des lads ne se tracassent pas, évidemment. Le boulot ne manque pas dans les écuries de courses, et chaque boîte n'est pas tellement différente des autres. Mais eux non plus ne reviendront pas. Ni la plupart des chevaux ; ni beaucoup de propriétaires.

Cette écurie n'est pas suspendue pour quelques mois. Elle est liquidée.

Ecœuré, et bouillant d'une colère qui n'est pas seulement celle des autres, mais aussi la mienne, j'arpente le bout d'allée qui me sépare de la maison. L'Alpine de Roberta est garée devant l'entrée principale, sur le devant ; elle-même est plantée à côté, l'air revêche.

— Enfin vous voilà ! J'ai cru que vous aviez changé d'avis.

— Je me suis garé en bas, dans la cour.

— Ça me rend malade d'y aller. Je ne peux pas. Père non plus. A vrai dire, il ne veut même plus sortir de sa chambre. Vous serez obligé de monter chez lui pour le voir.

Elle me précède pour entrer dans la maison. Quand nous atteignons le bas de l'escalier, après avoir traversé trente bons mètres carrés de tapis de Perse, la porte de la bibliothèque s'ouvre brusquement sur Mme Cranfield. Mme Cranfield a pour habitude d'ouvrir les portes avec brusquerie, comme si elle soupçonnait, de l'autre côté, des événements répréhensibles, et qu'elle soit bien décidée à surprendre les coupables en flagrant délit. C'est une femme assez quelconque, qui ne se maquille pas et porte des robes tricotées et informes. Avec moi, elle n'a jamais parlé que des chevaux, et j'ignore si elle est capable de parler d'autre chose. Son père est un baron irlandais, ce qui explique peut-être le mariage.

— Ah, vous voilà, Hughes, dit-elle. Roberta m'a appris qu'elle allait vous chercher. Encore que je ne comprenne pas en quoi ça peut nous aider. Somme toute, c'est bien vous qui nous avez mis dans ce pétrin.

— Comment ?

— Si vous aviez mieux monté Squelch, rien de tout ça ne serait arrivé.

Je ravale six répliques et ne souffle mot. Quand on est assez durement touché, on s'en prend au premier qui se présente. Mme Cranfield continue à m'accabler de reproches.

— Dexter a été profondément scandalisé d'apprendre que vous aviez l'habitude de perdre volontairement des courses.

— Moi de même, fais-je sèchement.

Roberta s'interpose avec impatience.

— Mère, calme-toi, je t'en prie. Venez, Hughes. Par ici.

Je ne bouge pas. Elle monte trois marches, s'arrête et regarde en arrière.

— Allons, venez. Qu'est-ce que vous attendez ?

Je hausse les épaules. Je ne sais guère ce que j'attends, mais ce n'est pas dans cette maison que je trouverai. Je la suis dans l'escalier, puis à travers un large corridor qui nous conduit à la chambre de son père.

C'est une pièce encombrée de meubles en acajou massif d'une époque plus récente que la maison ; il y a un tapis et des rideaux couleur prune, et un lit recouvert d'une couverture indienne.

Dexter Cranfield est assis sur le bord du lit, le dos rond, la tête rentrée dans les épaules, immobile. Ses mains remuent sur ses genoux ; il a les doigts crispés et fixe le sol.

— Ça fait des heures qu'il est assis comme ça, me glisse Roberta dans un souffle.

Rien qu'à le voir, je comprends pourquoi elle a besoin d'aide.

— Père, dit-elle en allant à lui et en posant sa main sur son épaule. Kelly Hughes est ici.

— Dis-lui d'aller se brûler la cervelle, répond Cranfield.

Elle remarque la contraction soudaine de mon visage, et sa propre expression est claire : elle me croit peiné que Cranfield, lui aussi, pense que je suis cause de tous ses malheurs. Tout bien réfléchi, je décide de ne pas aviver ses craintes en lui confiant qu'à mon avis, si Cranfield parle d'une chose pareille, c'est qu'il pense, pour lui-même, à cette solution.

— Hop ! disparaissez, dis-je en indiquant la porte d'un signe de tête à la jeune fille.

Elle hausse le menton d'un air roide, comme pour protester. Puis elle regarde la silhouette inerte de son père, se retourne vers moi, qu'elle s'est donné tant de mal à amener ici, et sa raideur s'atténue sensiblement.

— D'accord. Je serai en bas, dans la bibliothèque. Ne partez pas sans... sans me mettre au courant.

Je secoue la tête et elle quitte tranquillement la pièce en refermant la porte derrière elle.

— Qu'est-ce que vous êtes venu faire ici ? me demande Cranfield avec indifférence.

— Vous dire de vous secouer un peu. Il y a du pain sur la planche.

— Ne me parlez pas sur ce ton !

— Et sur quel ton, alors ?

Il lève un peu la tête, exactement de la même manière que Roberta. Si j'arrive à le mettre en colère, il aura à peu près retrouvé son état normal. Et je pourrai retourner chez moi.

— Ça ne vous sert à rien de rester à bouder. Ce n'est pas comme ça qu'on arrivera à quelque chose.

— Bouder !

Il est vexé, mais pas assez.

— Quelqu'un nous a piqué nos jouets. Vraiment pas beau. Mais ça n'avance à rien de se cacher la tête dans un trou et de grincer des dents.

— Des jouets ?... Vous divaguez, ma parole !

— Des jouets, des licences, ça revient au même. Peu importe. Disons les choses auxquelles on tenait le plus, en somme. Quelqu'un les a escamotées. Quelqu'un nous a joué un tour et a réussi à nous les prendre. Et personne que nous ne pourra les récupérer. Personne d'autre ne s'en occupera.

— Nous pouvons toujours faire appel, dit-il d'un ton sans conviction.

— Oh ! pour ça, bien sûr, on peut faire appel. Après un délai de six mois, je suppose. Mais sans aucune garantie de succès. La seule chose sensée, c'est de riposter illico et de découvrir qui a fait le coup. Qui, et pourquoi. Après quoi, je lui tordrai le cou, à ce salaud-là.

— Ce n'est pas une vraie catastrophe pour vous, Kelly.

— Ça, c'est bien vrai.

Je marque une pause avant de poursuivre.

— Je suis passé par la cour.

Il émet un petit grognement de protestation.

— Archie m'a donné l'impression de s'occuper de tout à lui tout seul. Et il se tracasse pour sa maison.

Cranfield agite mollement la main, d'un geste qui demande comment on ose l'importuner, par-dessus le marché, avec les problèmes d'Archie.

— Vous n'en mourrez pas si vous payez l'hypothèque d'Archie !

— Quoi ?

Enfin ! Le voilà touché. Il relève la tête de six centimètres au moins.

— Ça ne fait que quelques livres par semaine. Pour vous, c'est de la crotte de bique. Pour lui, la vie ou la mort. Et si vous perdez Archie, vous ne ferez plus jamais courir beaucoup de gagnants.

— Espèce de... espèce de..., bredouille-t-il.

Mais il ne lève toujours pas les yeux.

— Un entraîneur ne vaut que ce que valent ses lads.

— Quelle ânerie !

— Vous avez de bons lads, en ce moment. Vous avez fichu les incapables à la porte, les brutes et les fainéants. Ça exige du temps de séparer les bons des mauvais pour former une équipe valable. Mais impossible d'obtenir un pourcentage important de gagnants sans ça. Vous arriverez peut-être à récupérer votre licence, mais vous ne retrouverez pas vos lads, et il vous faudra des années pour remettre l'écurie en train. Et encore. On m'a dit que vous les aviez tous balancés ?

— Qu'est-ce que je peux faire d'autre ?

— Vous pourriez tâcher de les garder encore un mois.

Il relève un peu plus le menton.

— Vous n'avez pas la moindre idée de ce que ça me coûterait. Les salaires se montent à plus de quatre cents livres par semaines.

— Il reste sûrement pas mal de pensions d'entraînement qui doivent rentrer ? Les propriétaires paient rarement d'avance. Vous n'en sericz pas tellement de votre poche. Pas pour un mois, en tout cas. Et ça ne prendra peut-être pas si longtemps.

— Qu'est-ce qui ne prendra pas si longtemps ?

— De récupérer nos licences.

— Ne dites pas de bêtises pareilles !

— Je parle sérieusement. Combien donneriez-vous pour ça ? Vous trouvez ça cher, quatre semaines de salaires à vos lads, pour obtenir le droit de faire recourir dans un mois ? Les propriétaires vous redonneraient leurs chevaux, si ça allait aussi vite. Surtout si vous leur racontez que vous êtes sûr de reprendre l'entraînement pour ainsi dire immédiatement.

— Ils ne me croiraient pas.

— Ils ne sauraient guère qu'en penser, et ce serait déjà un résultat.

— Nous n'avons pas une chance d'être réhabilités.

— Et comment que si, nom d'un chien ! dis-je avec force. Mais seulement si vous êtes prêt à la courir, cette chance. Dites aux lads que vous les gardez encore quelque temps. Dites-le surtout à Archie. Descendez dans la cour leur annoncer ça tout de suite.

— Tout de suite ?

— Evidemment, dis-je d'une voix impatiente. La moitié d'entre eux ont probablement déjà consulté les offres d'emploi et écrit à d'autres entraîneurs.

— Ça n'a pas de sens.

Il semble se replonger dans ses idées noires.

— C'est absolument sans espoir. Et vraiment, ça n'aurait pas pu arriver dans un pire moment. Edwin Byler allait justement me confier ses chevaux. Tous les arrangements étaient pris. Bien entendu, il m'a téléphoné que tout est annulé. Ses chevaux restent où ils sont, chez Jack Roxford.

Quand on se voit confier l'entraînement des chevaux d'Edwin Byler, c'est comme si on recevait de l'or en barres. C'est un homme d'affaires du Nord ; il a réalisé plusieurs millions dans l'exploitation d'une société de vente par correspondance, et il en utilise une petite partie à satisfaire l'ambition longuement caressée de posséder la meilleure écurie de steeple-chase d'Angleterre. L'acquisition de quatre de ses chevaux actuels lui a coûté très cher ; jamais personne n'avait payé pareille somme avant lui. Quand il désire un cheval, il fait son offre. Seuls, les meilleurs l'intéressent, il en possède assez pour s'être trouvé placé, pendant les deux dernières saisons, en tête de la liste des propriétaires gagnants. Avoir failli entraîner les chevaux d'Edwin Byler, et voir s'évanouir cet espoir, c'est le comble de l'adversité.

Avoir failli monter les chevaux d'Edwin Byler... ce qui me serait sans doute arrivé... ça aussi, ça fait mal.

— Raison de plus alors, dis-je. Qu'est-ce qu'il vous faut comme motif supplémentaire ? Vous allez abandonner sans riposter, non seulement ce que vous avez déjà, mais par-dessus le marché ce que vous pourriez avoir... pourquoi diable ne vous levez-vous pas pour agir en gentleman et montrer un peu de courage ?

— Hughes !

Il est complètement scandalisé. Il ne bouge pourtant pas et se refuse à m'accorder un regard.

Je marque un temps, en l'observant, puis je reprends lentement :

— D'accord. Vous l'aurez voulu. Je vais vous dire pourquoi vous n'agissez pas. C'est parce que... dans une certaine mesure... en effet, vous êtes coupable. Vous vous êtes assuré que Squelch ne gagnerait pas. Et vous avez joué Cherry Pie.

Là, je l'ai touché au vif. Il ne lève pas seulement la tête, mais il se dresse du même coup, en tremblant d'indignation.

V

— Taisez-vous !

Les mâchoires crispées, il serre les dents.

Je respire un bon coup. Je tâtais le terrain. Et j'ai deviné juste.

— Vous avez trop fatigué Squelch avant la réunion. C'est sur vos pistes d'entraînement qu'il a perdu la Lemonfizz !

Il me regarde enfin. Ses yeux ont foncé, comme si les pupilles s'étaient agrandies jusqu'à envahir l'iris entier. Je lis sur ses traits une sorte de désespoir sans appel.

— Je ne voulais pas trop le fatiguer, Squelch, fait-il d'un air piteux. Je ne m'en suis rendu compte qu'après. Je l'ai joué, exactement comme je l'ai dit à l'enquête.

Je hoche la tête.

— Je l'imaginais bien. Mais vous avez joué Cherry Pie aussi.

Il m'explique avec simplicité, sans nulle trace de sa morgue habituelle :

— Comme vous le savez, les entraîneurs sont souvent les premiers surpris quand l'un de leurs chevaux manifeste sa véritable forme. Ma foi, j'ai pensé que

Cherry Pie pouvait être un cas dans ce genre-là. Et je l'ai joué, à tout hasard.

Vous parlez d'un hasard. Cinquante livres chez Newtonnards et cinquante au totalisateur. Bénéfice net : deux mille.

— Combien aviez-vous parié sur Squelch ?

— Deux cent cinquante.

— Fichtre. C'est ce que vous pariez d'habitude ?

— Il avait la cote... Ma mise habituelle c'est cent, la plupart du temps.

J'en suis arrivé à la question clef, et je ne sais même pas si j'ai réellement envie de la poser ; et je sais encore moins si je souhaite apprécier la vraisemblance de la réponse. N'empêche...

Je lui demande donc d'un ton détaché :

— Pourquoi ne vous êtes-vous pas adressé à votre bookmaker habituel pour joucr Cherry Pie ?

Il répond sans difficulté :

— Parce que je ne voulais pas que Kessel sache que je jouais Cherry Pie, s'il gagnait à la place de Squelch. Kessel est un drôle de bonhomme, il prend les choses à cœur. Plus que probablement, il m'aurait retiré Squelch...

Sa voix s'éteint lorsqu'il se remémore que Squelch va précisément lui être enlevé.

— Comment Kessel l'aurait-il su ?

— Hein ? Oh ! Parce qu'il place aussi ses paris chez mon bookmaker, et qu'ils s'entendent tous les deux comme larrons en foire.

Ça se défend.

— Bon ! Et qui est le type d'âge mûr qui a misé pour vous ?

— Un ami, sans plus. Il n'y a nulle raison de le mêler à cette histoire. Je veux qu'il reste en dehors de tout.

— Est-ce que Newtonnards aurait pu vous voir en conversation avec lui devant le Rond, avant la première course ?

— Oui, fait-il d'un ton déprimé. C'est vrai que je lui ai parlé. Je lui remettais l'argent pour mon pari.

Et il ne s'est même pas rendu compte du risque.

— Qu'est-ce que vous avez fait de l'argent que vous avez gagné ?

— Il est dans le coffre-fort, au rez-de-chaussée.

— Et vous n'avez révélé à personne que vous l'aviez ?

— Non.

Ma pensée fait un retour en arrière.

— Vous avez menti à l'enquête.

— Qu'est-ce que j'aurais pu faire d'autre ?

Que faire, en effet, à ce moment-là ? Dire la vérité ne m'a pas tellement réussi, à moi.

— Voyons, pour résumer...

Je vais à la fenêtre contempler le paysage, tout en réfléchissant. La chambre donne du côté opposé aux écuries, on n'aperçoit pas le moindre cheval à l'horizon.

— Cherry Pie a remporté l'épreuve, révélant ainsi ses réelles possibilités. Vous l'avez joué parce que vous le jugiez susceptible de montrer tout d'un coup sa vraie forme. Squelch avait couru quatre courses difficiles en l'espace de deux mois, et accompli un galop d'entraînement probablement trop sévère. Voilà la réalité.

— Oui... je pense.

— J'imagine que vous avez envie de récupérer votre licence ?

— Il n'y a pas la moindre chance.

— Si vous gardez vos lads encore un mois, je vous la récupère.

Son air avachi révèle toujours son défaitisme.

Je hausse les épaules.

— De toute façon, j'ai l'intention d'essayer. Et si je vous rapporte votre licence sur un plateau, tant pis pour vous si, à ce moment-là, Archie et les lads sont partis ailleurs.

Je gagne la porte et pose ma main sur la poignée.

— Je vous ferai savoir comment ça marche.

Je tourne la poignée. J'ouvre la porte.

— Un moment, fait-il.

Je me retourne. Un semblant d'énergie apparaît dans les rides mesquines tracées autour de sa bouche. Pas tellement bon, comme signe.

— Je ne crois pas que vous y arriverez. Mais puisque vous êtes si sûr de vous, je vous propose un marché. Je vais payer les lads pendant deux semaines encore. Ensuite, si vous voulez que je les garde encore deux semaines, vous les paierez vous-même.

Charmant. Il a gagné deux mille livres sur Cherry Pie, il a surmené Squelch, et c'est le responsable direct de ma suspension. Je refoule la colère que je sens bouillonner en moi et riposte avec froideur :

— D'accord, mais je vous propose un autre marché avec moi. Vous ne parlerez à personne de votre sentiment de culpabilité. Je ne veux pas voir mes efforts anéantis parce que l'envie vous prendrait, au mauvais moment, de faire pénitence, et de confesser vos péchés à qui voudrait les entendre.

— Il est fort peu probable que je me laisse aller à pareille faiblesse, réplique-t-il avec raideur.

Je n'en suis pas tellement sûr.

— J'exige votre parole.

Il se redresse. Sidéré. J'ai réussi une chose : il reprend du poil de la bête.

— Je vous la donne.

— Parfait.

Je tiens la porte ouverte pour qu'il passe devant moi.

— Alors, si on descendait aux écuries ?

J'ai mis une heure à traverser le Gloucestershire, plus d'une demi-heure pour m'y retrouver dans le dédale du village de Downfield, qui semble surtout se composer de culs-de-sac.

Le cottage, quand je le repère enfin après m'être trompé six fois de chemin sur les indications des indigènes, est ancien mais pas beau, repeint de frais mais en couleurs pas gaies. En tout cas, il est plus digne de confiance que son propriétaire !

Quand Mme Charlie West se rend compte de l'identité du visiteur, elle tente de me claquer la porte au nez. J'avance une main qui a l'habitude de convaincre de solides chevaux et la saisis par le poignet ; si elle persiste à claquer la porte, c'est son propre bras qui va écoper. Elle pousse un hurlement aigu. Dans la maison, au fond du vestibule, une porte s'ouvre d'à peine six centimètres, et le visage rond de Charlie apparaît dans l'entrebâillement. Décidément, ni l'un ni l'autre n'ont l'air bien rassurés.

— Il m'a fait mal, braille Mme West.

Je lance à Charlie, par-dessus l'épaule de sa femme :

— J'ai à te parler.

Charlie West n'a pas du tout envie, lui, de m'entendre. Laissant se débrouiller comme elle le peut sa femme-enfant — longs cheveux raides, cils artificiels démesurés, rouge à lèvres beige pâle, et tout le reste à l'avenant —, il s'éclipse en refermant sa porte d'un geste définitif. Mme West oppose une résistance farouche et bruyante à mes efforts pour reprendre contact avec l'apprenti Charlie, et je traverse le vestibule en parant coups de pied et coups de poing.

Charlie a calé une chaise sous la poignée de la porte.

Ma voix traverse aisément l'épaisseur du panneau.

— Tu ne l'aurais pourtant pas volé, mais je ne suis pas venu chez toi pour te fiche une raclée. Sors et explique-toi.

Aucune réponse. Je secoue la porte, répète mon appel, sans résultat. Mme West continue à me harceler telle une guêpe furieuse ; je ressors de la maison dont je fais le tour pour m'adresser à Charlie par la fenêtre. Elle est ouverte et, en regardant à l'intérieur, je constate que le living-room est vide.

Je me retourne à temps pour apercevoir au loin le dos de Charlie qui disparaît à travers champs, en direction du village voisin.

Mme West aussi l'a vu, et elle m'adresse un mauvais sourire.

— Bien fait ! dit-elle en jubilant.

— Oui, dis-je. Je parie que vous êtes très fière de lui.

Son sourire vacille. Je redescends le sentier de leur jardin, monte dans ma voiture et démarre.

J'attends qu'il fasse nuit et je regagne le village de Charlie.

Je note de la lumière dans plusieurs pièces de son cottage. Les West sont chez eux. Je fais demi-tour, roule une centaine de mètres pour m'éloigner un peu, puis me gare en m'engageant à moitié sur l'herbe qui borde la route. Je descends de voiture.

Mon plan d'attaque est plutôt vague. J'ai prévu de sonner à la porte et de me dissimuler en attendant que Charlie, ou sa femme-enfant, commettent l'imprudence de s'avancer pour examiner les parages. Cependant, un allié inattendu se présente sous la forme d'un petit garçon qui tient en laisse un gros chien.

Le gamin s'éclaire avec une lampe de poche et parle à son chien qui vient de s'arrêter pour déposer sa crotte sur le bord de la route, à environ cinq mètres de moi.

— Qu'est-ce qui t'a pris, bon Dieu, crétin, de bouffer la bidoche que maman a achetée ? Et qu'est-ce que tu crois qu'il va dire, papa, hein ? T'apprendras donc jamais rien ? Tu vas voir la raclée que tu vas recevoir, imbécile !

Je referme la porte de la voiture, le déclic le fait sursauter, et il pivote en cherchant fébrilement à localiser la source du bruit à l'aide de sa lampe de poche. Le rayon de lumière me rencontre et s'immobilise sur ma figure, tandis que le petit garçon me lance d'une voix menaçante :

— Si vous vous approchez, je lâche mon chien sur vous !

Le chien ne se montre guère enthousiaste ; il est toujours accroupi.

— Alors je reste où je suis, dis-je amicalement en m'adossant à la voiture. Je voudrais savoir qui habite ce cottage, de l'autre côté, celui où il y a de la lumière ?

— Comment voulez-vous que je le sache ? On n'habite ici que depuis avant-hier.

— Est-ce que ça te dirait de donner de l'argent à ta maman pour racheter de la viande ? Comme ça, elle ne dirait peut-être rien à ton papa, et il ne ficherait pas une raclée à ton chien.

— Maman dit qu'il ne faut jamais parler aux gens qu'on ne connaît pas.

— Tant pis.

— Qu'est-ce qu'il faudrait que je fasse ? demande-t-il au bout d'un instant.

— Rien de bien difficile. Seulement sonner à la porte du cottage en question, et dire à la personne qui viendra ouvrir que tu n'arrives pas à empêcher ton chien de manger les crocus qui poussent devant sa maison. Quand ils sortiront pour se rendre compte, tu n'auras qu'à te débiner et rentrer chez toi aussi vite que ton chien pourra te suivre.

Ça lui convient.

— Le bœuf, ça coûte sûrement assez cher, fait-il.

— Probablement.

Je plonge ma main dans ma poche et y pêche une petite poignée de piécettes d'argent.

— Avec ça, il devrait t'en rester un peu.

— Il n'est pas obligé de bouffer les crocus pour de vrai, hein ?

— Non.

— Alors, ça va.

Une fois sa décision prise, il se révèle prompt et efficace. Il fourre ma petite monnaie dans sa poche, file tout droit sur la porte d'entrée de Charlie et annonce à Mme West qu'elle est en train de perdre ses crocus. Elle l'engueule tout le long du chemin tandis qu'ils descendent le sentier et, au moment où elle se penche pour examiner les ravages, mon complice disparaît subrepticement dans la nature. Avant que Mme West se rende vraiment compte qu'elle a été induite en erreur, j'ai déjà franchi son seuil et je lui ferme au nez la porte de sa propre maison.

Quand j'entre dans le living-room, Charlie s'enquiert sans lever les yeux de son journal de courses :

— C'était encore lui, au moins ?

— Oui, fais-je. C'était lui.

Les traits encore mal formés de Charlie se fripent en un masque abject de peur, cependant qu'à l'entrée, le doigt de son épouse ne décolle pas du bouton de la sonnerie. Je referme derrière moi la porte du living-room pour atténuer le tintamarre.

— Qu'est-ce qui te fiche la frousse à ce point-là ? je lui lance d'une voix forte.

— Ça alors... toi... tu...

— D'ailleurs, tu as de sacrées raisons d'avoir la frousse.

J'avance d'un pas, et il s'enfonce dans son fauteuil. Il est capable d'une certaine énergie sur un cheval, et cette attitude ignoble et piteuse n'en paraît que plus inattendue et plus révoltante. Je m'approche encore d'un pas. S'il le pouvait, il rentrerait dans le rembourrage du fauteuil.

L'épouse West laisse un peu reposer la sonnette d'entrée. Je demande à Charlie :

— Pourquoi as-tu fait ça ?

Il secoue la tête sans répondre et remonte ses pieds sous lui, dans le fauteuil, adoptant ainsi la position classique du fœtus.

— Charlie, je suis venu chercher les réponses à certaines questions et tu vas me les fournir.

Les traits furieux de sa femme apparaissent à la fenêtre, et elle se met à frapper les vitres à toute force, au risque de les casser. Sans perdre son mari des yeux pour qu'il ne prenne pas encore une fois le large, je vais soulever l'espagnolette.

— Sortez d'ici ! hurle-t-elle. Allez, ouste, dehors !

— Et vous, entrez. Par la fenêtre. Je n'ai pas l'intention d'ouvrir la porte.

— Je vais aller chercher la police !

— Allez-y si ça vous chante. Je ne désire qu'une petite conversation avec votre minable de mari. Entrez ou restez dehors, mais bouclez-la !

Elle est bien incapable de la boucler. Une fois dans la pièce, elle m'agonit pendant vingt minutes, et ses braillements m'empêchent d'interroger son époux.

Charlie lui-même finit par en avoir assez et lui ordonne de s'arrêter. N'empêche que la combativité de sa femme lui a donné le temps de se remettre un peu. Ses pieds prennent contact avec le sol, et il déclare que ce n'est pas la peine de poser des questions dont il ne connaît pas les réponses.

— Tu les connais sûrement. A moins que tu aies raconté tous ces mensonges par simple rancune ?

— Non.

— Alors pourquoi ?

— Je ne te le dirai pas.

— Eh bien, moi je vais te dire une chose, espèce de petite crapule. Je te promets que je trouverai qui t'a entraîné à agir ainsi. Je m'en vais remuer ciel et terre et quand j'aurai trouvé, tu verras ! Je vais remuer tant de boue que les œufs pourris sentiront bon à côté. Quant à toi, monsieur l'apprenti Charlie West, c'est toi qui te retrouveras sans licence, et pas moi. Et même si tu réussis à la récupérer, tu ne pourras jamais effacer le mépris que tout le monde éprouvera à ton égard.

— Je vous défends de parler comme ça à mon Charlie !

— Votre Charlie n'est qu'un petit salaud de menteur, qui vous bazarderait pour cinquante livres.

— Ce n'était pas cinquante, braille-t-elle d'un air triomphant. C'était cinq cents !

Charlie se met à brailler après elle. Si je ne me retenais pas, Charlie la sentirait passer. Cinq cents livres. Il m'a privé de ma licence pour une aumône dérisoire.

— La question est réglée, dis-je. Et maintenant, tu vas me dire qui t'a payé.

La femme-enfant scmblc, clle aussi, s'effrayer. Je n'ai pas compris que ma colère avait submergé cette petite pièce comme un raz de marée.

Charlie bégaie :

— Je... je... je ne... sais pas.

Je m'avance d'un pas vers lui, il joue des pieds et des mains pour s'extraire en vitesse de son fauteuil et s'abriter derrière.

— N...n... ne m'approchez pas. Je ne sais pas. Je ne sais pas.

— Si tu crois que je vais me contenter de ça !

— Mais c'est vrai, il ne sait pas, gémit son épouse. Il ne sait vraiment pas.

— Si, il sait ! fais-je d'un ton rageur.

La pauvre petite Mme West se met à pleurer, et Charlie semble devoir l'imiter.

— Je... j'ai jamais vu le mec. Il a téléphoné.

— Et comment il t'a payé ?

— En deux paquets. Des billets d'une livre. J'en ai reçu cent la veille de l'enquête, et il devait m'envoyer...

Sa voix s'éteint.

— Tu allais recevoir les quatre cents qui restaient si j'étais suspendu ?

Il ébauche un signe d'affirmation craintif, la tête rentrée dans les épaules, comme pour éviter un coup.

— Et tu les as eues ?

— Quoi ?

— Tu les as reçues ? Les quatre cents autres livres ?

Il ouvre des yeux ronds et répond d'une voix saccadée :

— Non... mais... 'videmment... ça... va... venir...

— 'videmment que non, petit fumier, dis-je en répliquant brutalement.

VI

La mine aussi ravagée que je me sens l'être intérieurement, je me lève le lendemain matin à six heures et pointe le museau lisse de ma Lotus en direction de Londres. N.W.7., Mill Hill.

Comme je ne peux pas me rendre aux courses pour rencontrer les gens, je suis obligé de les coincer à domicile. Dans le cas de George Newtonnards, bookmaker de son état, ce domicile se présente sous la forme d'un vaste bungalow du style ranch badigeonné de rose et situé dans une banlieue cossue. Il est huit heures trente, j'ai donc l'espoir de le trouver devant son petit déjeuner mais, en fait, il est en train d'ouvrir son garage au moment où j'arrive. Je me gare carrément en travers de son allée carrossable, geste qui ne me rendra sans doute pas sympathique, et aussitôt il s'amène à grands pas pour m'inviter à m'ôter de là.

Je descends de voiture. Lorsqu'il me reconnaît, il se fige sur place. Je m'avance dans l'allée à sa rencontre ; je frissonne sous le vent d'est qui cingle, et je regrette de n'être pas emmitouflé, comme lui, d'une veste à col de fourrure.

— Qu'est-ce que vous venez faire ici ? me demande-t-il d'un ton acerbe.

— Je vous serais très reconnaissant de bien vouloir me renseigner au sujet d'une ou deux choses.

— Je n'ai pas le temps !

Il se montre tout à fait à son aise ; c'est le type sûr de lui, aux prises avec un gêneur de petite envergure.

— Et rien de ce que je pourrais dire n'est susceptible de vous aider. Déplacez votre voiture, s'il vous plaît.

— Certainement... Pouvez-vous me dire comment on s'y est pris pour vous demander de témoigner contre M. Cranfield ?

— Comment on s'y est pris...

Il a l'air légèrement étonné.

— J'ai reçu un pli officiel me convoquant à l'enquête.

— Bon, mais pourquoi ? Enfin, comment les commissaires ont-ils été mis au courant du pari de M. Cranfield sur Cherry Pie ? Leur avez-vous écrit pour les informer ?

Il pose sur moi un regard dénué de chaleur.

— On me dit, fait-il, que vous soutenez qu'il s'agit d'un coup monté.

— Les nouvelles vont vite.

Un vague sourire.

— Les nouvelles m'arrivent toujours vite. Un bon service d'informations, voilà ce qu'il faut à un bon bookmaker.

— Comment les commissaires se sont-ils renseignés au sujet du pari de M. Cranfield ?

— Ma foi, je l'ignore.

— Qui, en dehors de vous, pouvait savoir que vous soupçonniez Cranfield d'avoir joué Cherry Pie ?

— Il l'a réellement joué.

— Dans ce cas, qui à part vous, le savait ?

— Je n'ai pas le temps de discuter de ça.

— Je me ferai un plaisir d'ôter ma voiture... dans une minute ou deux.

Le regard exaspéré qui me fusille s'atténue graduellement, pour exprimer un consentement vaguement amusé. Un type coulant et très civilisé, George Newtonnards.

— Très bien. Je l'ai dit à quelques gars... d'autres bookmakers. J'étais plutôt furieux, vous comprenez ? Me laisser avoir pareillement ! A mon âge et avec mon expérience, j'aurais dû me montrer plus malin. Alors, peut-être que l'un d'entre eux a averti les commissaires, n'ignorant pas que l'histoire allait passer devant l'enquête. Mais en tout cas, ce n'est pas moi.

— Avez-vous idée de celui qui pourrait l'avoir fait ? Savez-vous si l'un d'entre eux a une dent contre Cranfield ?

— Je ne vois personne.

Il hausse les épaules.

— Pas plus que contre tous les autres entraîneurs qui s'amusent à nous posséder.

— Vous posséder ? je répète, abasourdi. Mais il ne l'a jamais fait.

— Avec ça !

Je proteste :

— C'est moi qui monte les chevaux. Je devrais le savoir, tout de même.

— En effet, dit-il d'un ton sarcastique. Ne jouez pas les innocents avec moi, mon vieux. Votre copain Chris Smith, celui qui a écopé d'une fracture du crâne, c'est un véritable artiste en étranglement, pas vrai ? Exactement comme vous. Vous faites une jolie paire, tous les deux.

— Vous êtes donc convaincu que j'ai retenu Squelch ?

— C'est l'évidence.

— N'empêche que ce n'est pas vrai.

— Vous voulez bien déplacer votre bagnole, maintenant ?

— Oui.

Je m'avance de deux pas vers la voiture, puis je m'arrête et me retourne.

— Monsieur Newtonnards, si vous revoyez le type qui a parié pour M. Cranfield, voulez-vous essayer de découvrir qui il est... et me le faire savoir ?

— Pourquoi ne le demandez-vous pas à Cranfield ?

— Il ne veut pas l'impliquer dans cette histoire.

— Mais vous, oui ?

— Je suppose que je me raccroche aux moindres fétus. Mais oui, j'y suis tout disposé.

— Pourquoi ne pas encaisser et laisser tomber ? me conseille-t-il. Tout ce remue-ménage parce que... parce que vous avez reçu un gnon. Bon, vous l'avez reçu, et après ? Vous ne l'avez pas volé. Vous n'avez qu'à tenir le coup, attendre les événements. On vous la rendra bien, votre licence, à la fin.

— Je vous remercie de votre conseil, dis-je poliment.

Puis j'ôte ma voiture de son chemin.

C'est aujourd'hui jeudi. Normalement, je serais allé monter dans quatre épreuves à Warwick. Au lieu de quoi, je roule sans but, en suivant le flot des voitures sur North Circular Road ; je me demande si, oui ou non, je vais rendre visite à David Oakley, enquêteur privé et photographe imaginatif. Si Charlie West ignore qui a monté ce coup contre moi, Oakley est peut-être le seul à le savoir. Pourtant, même s'il le sait, il ne me le dira pas, c'est très probable. Quel intérêt ai-je donc à tâcher de le rencontrer ? Cependant, je n'arriverai à rien si je ne fais pas au moins un essai.

Je m'arrête enfin devant une cabine téléphonique et obtiens son numéro en appelant les Renseignements.

De son bureau, une fille me répond :

— M. Oakley n'est pas encore arrivé.

— Pouvez-vous me fixer un rendez-vous ?

— A quel sujet ?

— Un divorce.

Elle m'informe que M. Oakley pourra me recevoir à onze heures trente et me demande mon nom.

— Charles Crisp.

— Très bien, monsieur Crisp, M. Oakley vous attendra.

J'en doute fort. Mais il s'attend peut-être, tout comme Charlie West, à des propositions sous une forme ou une autre.

Je quitte North Circular Road, je parcours cent vingt kilomètres sur l'autoroute Ml jusqu'à Birmingham et, à cinq cents mètres du centre de la ville, je repère le bureau d'Oakley, situé au-dessus d'une boutique de bicyclettes et de radios.

La porte, d'un noir délavé, qui donne sur la rue, est munie d'une simple petite plaque portant son nom : OAKLEY. Le battant est, en outre, percé de deux trous de serrure, l'un pour une Yale, l'autre pour une Chubb, ainsi que d'un judas discrètement placé. J'essaie la poignée de cette porte qui a toute l'apparence de commander l'entrée d'une forteresse, mais qui cède immédiatement sous ma poussée. A l'intérieur, un étroit couloir aux murs d'un bleu fané aboutit à un escalier sans moquette qui accède à l'étage.

Je monte en écoutant mes pas résonner bruyamment sur les marches nues. L'escalier débouche sur un petit palier où m'attend une nouvelle porte, d'un noir également délavé, et également fortifiée. Sur cette porte-là, une autre plaque proprette : « Sonnez S.V.P. ». Il y a un bouton de sonnette et je m'y applique pendant trois secondes.

La fille qui m'ouvre la porte est grande, solidement charpentée et vêtue d'une veste de cuir noir avec pantalon assorti. Elle porte, sous la veste, un pull noir à col roulé et elle est chaussée de bottines de cuir noir. Les yeux qui répondent à mon regard scrutateur sont également noirs, noirs aussi ses cheveux retenus par une bande en écaille, et qui lui tombent sur les épaules en s'enroulant sur eux-mêmes à hauteur du cou. A première vue, elle paraît dans les vingt-quatre ans, mais des rides sillonnent déjà la peau, autour des yeux, et son regard glacial révèle qu'elle est experte dans l'art de laver le linge sale.

— J'ai un rendez-vous, dis-je. Crisp.

— Entrez.

Elle ouvre la porte plus largement, mais en me laissant le soin de la refermer.

Je la suis dans la pièce ; c'est un petit bureau carré meublé d'une table de travail ; il possède machine à écrire et téléphone, ainsi que quatre hauts classeurs. Au fond de la pièce, une autre porte. Pas noire, celle-là : une porte en bois dur, peinte en gris. Et pourvue, elle aussi, de trous de serrure que je reluque pensivement.

La fille ouvre le battant et, sans entrer, lance :

— M. Crisp.

Puis elle s'écarte pour me laisser passer. Je la remercie.

J'avance de trois pas et m'enferme avec David Oakley.

Son cabinet de travail n'est guère plus grand que l'antichambre, et le mobilier est réduit au strict minimum. Lino d'un brun indécis sur le sol, un portemanteau en rotin dans un coin, un petit fauteuil bon marché en face d'un bureau métallique gris et, à la fenêtre — qui est sale — au lieu de rideaux, un treillis métallique tendu sur un cadre. A l'extérieur de la fenêtre, je distingue de lourds barreaux et la plateforme d'une échelle d'incendie. Le soleil de Birmingham, qui a toutes les chances contre lui, s'efforce piteusement de pénétrer et projette des ombres grillagées sur un antique coffre-fort. Dans le mur, à droite, une autre porte est soigneusement fermée. Et dotée d'un nombre encore plus grand de serrures que les autres.

Derrière le bureau, dans un fauteuil pivotant, est installé le propriétaire de toutes ces splendeurs : l'insignifiant M. Oakley. Plutôt jeune. Mince. Cheveux gris souris. Et, cette fois, des lunettes de soleil.

— Asseyez-vous, monsieur Crisp, dit-il d'une voix inexpressive et absolument neutre, comme l'autre jour. Il s'agit d'un divorce, je crois ? Indiquez-moi en détail ce que vous désirez pour nous permettre de fixer les honoraires.

Il regarde sa montre.

— Je ne peux vous accorder que dix minutes, j'en ai bien peur. Alors, si vous voulez bien...

Il ne m'a pas reconnu. Je songe qu'autant vaut en profiter.

— On m'a laissé entendre que vous seriez prêt à fabriquer quelques preuves en ma faveur... des photos ?

Il se met à hocher la tête, puis se fige. Aucun mouvement ne trahit, fût-ce par un reflet de ses lunettes noires, le moindre trouble. Sa bouche étroite et mince, aux lèvres pâles, n'a pas la moindre crispation. Sa main reste posée sur le bureau, détendue et tranquille.

Finalement, sans que la moindre inflexion change sa voix :

— Sortez d'ici, dit-il.

— Combien touchez-vous pour fabriquer des preuves ?

— Sortez.

Je souris :

— J'aimerais savoir à combien on m'a estimé.

— Des poussières, fait-il, tout en remuant son pied sous le bureau.

— Je vous paierai en poussière d'or si vous me dites qui vous a donné ce boulot.

Il réfléchit, puis :

— Non.

La porte de l'antichambre s'ouvre doucement derrière moi.

— Ce n'est pas M. Crisp, Didi, fait-il tranquillement. C'est M. Hughes Kelly. M. Hughes s'en va.

— M. Hughes n'y est pas disposé, je réplique.

— Je crois que M. Hughes va découvrir le contraire, dit-elle.

Je la regarde par-dessus mon épaule. Elle brandit un imposant pistolet noir, d'aspect très menaçant, et muni d'un imposant silencieux, également menaçant. Le tout est braqué sur ma personne.

— Très impressionnant, dis-je. Pouvez-vous disposer des cadavres en plein Birmingham ?

— Généralement contre rémunération, évidemment, ajoute Didi.

— Si, en fin de compte, vous vous décidiez à vendre le renseignement dont j'ai besoin, vous savez où me trouver, dis-je en me calant d'un air détendu contre le dossier du fauteuil.

— La poussière d'or me plaît peut-être, fait-il posément. Mais je ne suis pas un imbécile.

C'est avec un certain découragement que je regagne l'endroit où j'ai garé ma voiture. Avec les trois témoins qui m'ont démoli à l'enquête, j'ai complètement perdu mon temps ; David connaît mon impuissance.

Comment les gens qui ont recours aux services d'Oakley s'y prennent-ils pour entrer en contact avec lui ? Il n'est pas en mesure de faire de la publicité. Quelqu'un est forcément au courant de ses activités.

J'y réfléchis un moment, assis dans ma voiture, avant de quitter le parking, en me demandant ce que je vais entreprendre. Il n'existe, à ma connaissance, qu'un seul type capable de sonder les entrailles de Birmingham, pour peu qu'il le veuille bien ; et vu ma situation, peut-être qu'il ne voudra pas.

N'empêche...

Je démarre, me faufile dans les rues à sens unique et réussis à m'insérer dans le parking bondé du *Great Stag Hotel*. Au restaurant de l'hôtel, le cérémonial des déjeuners d'affaires s'anime dans une atmosphère passablement saturée de vapeurs d'alcool, du brouhaha animé des conversations, et d'une épaisse brume de fumée de cigares. Le *Great Stag Hotel* a pour clientèle exclusive une certaine catégorie d'hommes d'affaires prospères, prudents et avisés, en quête d'un décor lénifiant pour mener leurs négociations plutôt coriaces, et qui accordent la préférence à cet établissement pour la raison que son propriétaire, Teddy Dewar, appartient lui-même à cette catégorie.

Je le trouve au bar en conversation avec deux types presque impossibles à distinguer de lui, avec leurs complets uniformément gris sombre, leurs chemises blanches, cravates marron sobres, encolure 43, taille 95.

Son expression diplomatique et toute professionnelle se fige légèrement quand il m'aperçoit pardessus leur épaule. Les jockeys suspendus n'ont pas la haute cote, à ses yeux ; ils nuisent au bon renom de la boîte, pas de doute.

Je me faufile vers le bar, le rejoins et commande un whisky. Je m'adresse à lui :

— Merci d'avance si je peux vous dire deux mots.

Il tourne la tête une fraction de seconde dans ma direction et répond, sans me regarder :

— Très bien. Dans quelques minutes.

Son ton est dénué de chaleur. Mais il ne se dérobe pas non plus devant cette situation délicate. Il continue à s'entretenir avec les deux types du marasme des actions pétrolières et, en douceur, s'esquive de la conversation pour s'adresser à moi :

— Eh bien, Kelly...

Ses yeux ont un regard froid et distant, il attend de savoir ce que je lui veux avant de laisser percer son sentiment.

— Voulez-vous déjeuner avec moi ? je lui demande tranquillement.

Il domine son étonnement.

— Je croyais...

— Je suis peut-être mis à l'index, dis-je. N'empêche que je mange toujours.

Il me dévisage avec attention.

— Ça vous contrarie ?

— Qu'est-ce que vous croyez ? Désolé que ça se voie.

— A cause d'un muscle de votre mâchoire. D'accord si ça ne vous dérange pas qu'on s'asseoie tout de suite.

Nous nous installons à une table discrète, le long du mur ; on nous sert des tranches d'un rosbif posé sur une serveuse roulante. Tout en mangeant, il surveille du regard la bonne marche du service dans la salle à manger, et rien ne semble lui échapper. J'attends qu'il ait constaté que tout va comme il faut, et j'en viens brièvement au fait.

— Que savez-vous d'un type nommé David Oakley ? C'est un enquêteur privé. Il exerce ses activités dans un bureau situé à cinq cents mètres d'ici.

— David Oakley ? Je ne crois pas avoir jamais entendu parler de lui.

— Il a fabriqué certaines preuves qui m'ont achevé, à l'enquête des commissaires, lundi dernier.

— Fabriqué ?

Sa voix se nuance de scepticisme.

— Hé oui, dis-je en soupirant. Ça a peut-être l'air un peu bête, mais je ne suis pas coupable de ce qu'on me reproche. Pourtant quelqu'un s'est débrouillé pour que j'en aie l'air !

Je lui raconte l'histoire de l'argent photographié dans ma chambre à coucher.

— Et vous n'avez jamais reçu cet argent ?

— Non. Et le petit mot attribué à Cranfield est un faux. Mais comment le prouver ?

Il réfléchit, puis conclut :

— Impossible.

— Exactement.

— Ce type, David Oakley, qui a pris la photo... je suppose que vous n'avez rien pu tirer de lui ?

— Vous ne vous trompez pas.

— Je ne comprends pas très bien pourquoi vous êtes venu me raconter tout ça.

Il a fini son rosbif et pose soigneusement couteau et fourchette, ensemble, sur son assiette. Des garçons apparaissent, tels des génies, pour débarrasser notre table et apporter le café. Il attend ma réponse, d'un air qui n'engage à rien, pendant que je paie l'addition.

— Je suppose que c'est trop demander, dis-je enfin. Après tout, je ne suis descendu ici que deux ou trois fois, et je n'ai pas le droit de me réclamer de votre amitié, ni de vous demander de m'aider... Et pourtant, je ne connais personne qui puisse seulement tenter de faire ce que vous pouvez... si vous le voulez.

— Quoi ?

— Je voudrais savoir comment les gens qui désirent se procurer de fausses preuves sont aiguillés sur David Oakley. Eh bien... Comment trouve-t-il ses clients ? Qui le leur recommande ? J'ai pensé que vous connaîtriez peut-être une personne qui accepte de feindre d'avoir besoin de lui... ou d'avoir un ami dans ce cas... pour tâter le terrain, voir si, en fin de compte, on ne lui recommandait pas Oakley. Et, dans ce cas, qui ?

Il réfléchit un instant, et m'interroge :

— Vous pensez que si vous dénichiez le nom d'un rabatteur, vous pourriez remonter à un autre... et arriver peut-être enfin à un nom qui vous rappelle quelque chose ?

— J'imagine que ça paraît plutôt mince, dis-je d'un ton résigné.

— On n'a qu'une toute petite chance.

Un long silence.

— Pourtant, je connais effectivement quelqu'un qui accepterait peut-être de tenter le coup.

Il a un bref sourire ; c'est la première fois depuis le début de notre entretien.

— C'est...

Je déglutis.

— C'est formidable !

— Je ne peux pas garantir le résultat.

VII

Le chemin du retour, quand on revient de Birmingham, passe près du village d'Andrew Tring, et j'en viens à songer à lui. Pourtant, ma première impulsion est de le chasser de ma pensée. Une visite à l'un des commissaires qui ont contribué à le suspendre, ce n'est certainement pas une conduite réglementaire pour un jockey sanctionné. Sans le profond ressentiment que j'éprouve à son encontre, j'aurais poursuivi ma route.

Il a l'air écœuré de me voir arriver chez lui. Il est venu en personne m'ouvrir la porte de la vaste et somptueuse demeure seigneuriale de ses ancêtres ; il ne peut même pas me faire répondre qu'il n'est pas là.

— Kelly ! Qu'est-ce que vous venez fabriquer ici ?

— Vous demander quelques explications.

— Je n'ai rien à vous dire.

— Si.

Il fronce les sourcils. C'est tout juste si sa courtoisie naturelle l'empêche de me fermer la porte au nez.

— Alors entrez. Mais quelques minutes seulement.

— Merci, dis-je sans ironie, en le suivant dans la petite pièce située après l'entrée.

Les murs en sont tapissés de livres, et elle est meublée d'un grand bureau, de trois fauteuils profonds et d'un téléviseur.

— Eh bien, dit-il en refermant la porte et en négligeant de m'offrir un des fauteuils. Pourquoi êtes-vous venu ?

C'est mon aîné de quatre ans, d'une taille proche de la mienne. Toujours en aussi bonne forme qu'à l'époque où il montait, et toujours le même homme, apparemment. Seuls les rapports amicaux et francs, depuis longtemps établis dans les vestiaires, semblent s'être évanouis sur le chemin qui mène de l'amateurisme à l'autorité. J'attaque :

— Andy, est-ce que vous croyez vraiment, sincèrement, que la performance de Squelch était truquée ?

— On vous a suspendu, riposte-t-il froidement.

— C'est loin de signifier que j'étais coupable.

— Je ne suis pas d'accord.

— Alors vous n'êtes qu'un imbécile, je réplique brutalement. Et vous avez une peur bleue, par-dessus le marché !

— Ça suffit, Kelly. Je n'ai aucune raison de m'entendre dire des choses pareilles.

Il rouvre la porte et attend que je sorte. Je reste. A moins de me jeter dehors par la force, il est obligé de me supporter encore quelque temps. Il me fusille du regard et referme la porte.

— Navré. Vraiment, je m'excuse. C'est que vous avez couru contre moi pendant au moins cinq ans... J'aurais pensé que vous ne croiriez pas si facilement que je pouvais perdre délibérément une épreuve. Jamais je n'ai perdu une épreuve que je pouvais gagner.

Il ne souffle mot. Il sait que je ne perds jamais intentionnellement. Tous ceux qui montent régulièrement savent parfaitement à quoi s'en tenir, ct, malgré ce qu'a prétendu Charlie West à l'enquête, je ne suis pas un spécialiste en la matière, car je ne m'y suis jamais exercé.

— Il y avait l'argent, dit-il enfin, d'un air désabusé et las.

— Il n'a jamais été en ma possession. Oakley l'a apporté chez moi pour prendre une photo. Toutes ces prétendues preuves, toute cette enquête, sont aussi authentiques qu'une pièce de six pence en fer-blanc.

Il m'adresse un long regard incertain, puis :

— Je n'y peux rien.

— Vous n'avez pas de cran, dis-je rudement. Vous me décevez.

Je m'avance vers la porte, mais il ne se décide pas à me l'ouvrir. Au lieu de quoi, il lève une main pour m'arrêter, l'air furieux, ainsi qu'il en a le droit.

— Vous ne comprenez pas !

— Oh, si ! Ça vous a été plus facile de me juger coupable que d'avertir Gowery que vous aviez quelques doutes.

— Ça n'a pas été aussi facile que vous le croyez.

— Merci, dis-je d'un ton sarcastique.

— Je ne veux pas dire...

Il secoue la tête avec impatience.

— Tout n'a pas été aussi simple que vous vous l'imaginez. Quand Gowery m'a demandé de faire partie de la commission d'enquête, j'ai pensé qu'il ne s'agissait que d'une formalité, que vous et Cranfield aviez couru la Lemonfizz loyalement, et que vous étiez vous-mêmes étonnés du résultat. Jamais je ne me suis douté qu'on serait amenés à vous suspendre.

— Vous dites que lord Gowery vous a demandé de siéger avec lui ?

— Evidemment. C'est la procédure normale. Les commissaires qui siègent à une enquête, on ne les tire pas d'un chapeau...

— Il n'y a pas de roulement ?

— Non. Le commissaire de discipline demande à deux collègues de l'assister... et c'est ce qui m'a mis dans le bain. Parce que, si vous tenez absolument à le savoir, je ne pouvais pas refuser à lord Gowery...

Il s'interrompt.

— Continuez ! j'insiste sans m'emporter. Pourquoi ?

— Ma foi, parce que...

Il hésite, puis, lentement :

— J'estime que, d'une certaine manière, je vous dois cette vérité... Je suis navré, Kelly, affreusement navré. Je sais que vous n'avez pas l'habitude de fausser les épreuves... Je suis dans une position singulière vis-à-vis de Gowery, et je dois absolument rester en bons termes avec lui.

Je refoule mon indignation. Les yeux d'Andrew Tring semblent regarder en lui-même et, à en juger par son expression, ils n'apprécient pas le spectacle.

— Il possède la nue-propriété d'un terrain situé au nord de Manchester, où se trouve notre principale fabrique de poteries.

Dans la famille d'Andrew Tring, la fortune se fonde, non sur la porcelaine de luxe, mais sur les vulgaires tasses à thé destinées aux établissements publics. La vaisselle Tring, ce sont les plongeurs de cantines et d'hôpitaux qui la cassent, depuis Waterloo jusqu'à Hong Kong, et leurs débris, recueillis dans toutes les poubelles du monde, sont une source intarissable de profits.

Il poursuit :

— On a remis la région en valeur, et le terrain de la fabrique a subitement acquis une valeur d'environ un quart de million de livres. Or, notre bail expire dans trois ans... Nous avons entamé des négociations pour le renouveler, mais l'ancien était à quatre-vingt-dix-neuf ans, et on n'est pas chaud pour remettre ça... De toute façon, le loyer de la terre sera considérablement augmenté, c'est clair ! Mais si Gowery change d'avis et veut vendre ce terrain par lotissements, nous ne pourrons pas l'en empêcher. Nous ne sommes propriétaires que des bâtiments. On perdrait la fabrique s'il ne renouvelait pas le bail... Et c'est seulement parce que nos frais généraux sont si peu élevés que nous pouvons fabriquer des tasses et des soucoupes tellement bon marché... S'il nous faut construire ou louer une nouvelle fabrique, notre capacité concurrentielle sera diminuée, et nos chiffres d'affaires sur le marché mondial s'effondreront. C'est à Gowery personnellement qu'appartient le dernier mot ; il décidera s'il renouvelle, et à quelles conditions... Alors, vous voyez, Kelly, ce n'est pas que j'aie peur de lui... Mais il y a tant d'autres choses en jeu... Et quand on lui tient tête, il ne l'oublie pas.

Il se tait et me regarde d'un air accablé. Je lui rends la pareille. Les faits sont là.

— Et voilà, dis-je. Vous avez bien raison. Vous ne pouvez m'être d'aucun secours. Vous n'auriez jamais pu. Je suis content que vous m'ayez expliqué...

Je lui adresse un sourire crispé. Je suis devant une nouvelle impasse, la dernière d'une journée décourageante.

— Je suis navré, Kelly...

— Je sais.

Le lendemain, après le petit déjeuner, je mets de l'ordre dans mon appartement qui n'en a nul besoin, puis je me fais encore un peu de café. Une journée vide m'attend. Aussi vide que celle qui m'attend demain, puis après-demain et les jours qui suivront.

Dix minutes de cette perspective me suffisent. Je me creuse les méninges et déniche un nouveau fétu de paille auquel me raccrocher : je passe un coup de fil à un type que je connais vaguement à la BBC. Une secrétaire indifférente me répond qu'il n'est pas là et me conseille de rappeler à onze heures.

Je rappelle à onze heures. Toujours pas là. J'essaie encore une fois à midi. Il y est, mais il semble plutôt le regretter.

— Le Kelly Hughes qui...

Sa voix s'éteint, car il ne sait comment poser sa question avec tact.

— C'est ça.

— Eh bien... Heu... je ne crois pas...

— Je ne vous demande pas grand-chose. Je voudrais seulement savoir le nom de la boîte qui s'occupe de filmer les courses. Les gens du contrôle cinématographique.

— Oh !

Sa voix trahit son soulagement.

— Les services techniques des courses hippiques. Ils en ont pratiquement le monopole, bien qu'il y ait une autre boîte, une toute petite, qui opère quelquefois par autorisation spéciale. Evidemment, il y a aussi les compagnies de télévision. C'est une course en particulier qui vous intéresse ? Oh ! je vois... La Lemonfizz Crystal Cup, je suppose ?

— Non. La réunion à Reading, deux semaines plus tôt.

— Reading... Reading... Voyons. Quelle boîte ça pouvait bien être ?

Il fredonne quelques mesures d'une voix fausse tout en réfléchissant.

— Je crois... Mais oui ! C'est sûrement la petite boîte en question, les types de La Caméra Vérité. Le siège est à Woking, Surrey. Vous voulez leur numéro de téléphone ?

— Oui, s'il vous plaît.

Il me le donne.

— Merci beaucoup.

— Si jamais... heu... bon... Je veux dire...

— Je sais ce que vous voulez dire. En tout cas, merci quand même.

Je raccroche avec une grimace. Ce n'est pas drôle de passer pour le traître de la pièce aux yeux de tout un chacun.

La réaction du type de la BBC m'apprend que le téléphone est une arme qui ne m'avancerait sans doute à rien avec les gars de La Caméra Vérité. Ils ne savent peut-être pas mentir, n'empêche qu'ils pourraient certainement éluder mes questions. Et, de toute façon, j'ai une journée à perdre.

Question standing, le siège social de La Caméra Vérité se situe un ou deux échelons plus haut que les bureaux de David Oakley, ce qui est encore loin du haut luxe : une grande pièce, assez nue, au second étage d'une maison de l'époque d'Edouard VII située dans une voie secondaire ; ascenseur branlant, assez vaste pour transporter une personne adulte de très faible corpulence ou deux gosses faméliques ; bureau à tiroirs plutôt fatigué, sur lequel est assise une blonde occupée à vernir les ongles de ses orteils. Et plutôt fatiguée, elle aussi.

— Oui ? s'enquiert-elle sans bouger en me voyant entrer.

Elle porte des panties lilas bordés de dentelle et ne daigne pas m'empêcher d'en reluquer une bonne surface tandis que je pose ma question :

— Combien de temps gardez-vous les bobines des films que vous tournez sur les champs de courses ?

— Hein ? A perpète, j'imagine, dit-elle sans cesser de peinturlurer tranquillement ses doigts de pieds. C'est-à-dire... jusqu'ici, on n'en a pas détruit une seule. 'videmment, ça ne fait que dix-huit mois que la maison s'occupe des réunions hippiques. Je ne sais pas trop c'qu'ils feront quand la grande resserre sera pleine d'archives. Toutes les autres sont déjà bourrées jusqu'au plafond de films de courses automobiles, de matches de golf, de courses cyclistes et d'un tas de trucs comme ça.

— Où est la grande resserre ?

— Cette porte-là.

D'un geste vague du pinceau à vernir, elle indique une porte écaillée, jadis crème.

— Vous voulez regarder ?

— Si vous le permettez ?

— Allez-y.

Elle en a terminé avec son deuxième pied. Le spectacle est achevé. Je pousse un soupir, regarde ailleurs et gagne la porte en question. Il n'y a qu'un trou rond à l'endroit où la plupart des portes sont munies d'une poignée. Je pousse le battant qui s'ouvre sur une autre grande pièce, haute de plafond, et sillonnée de rayonnages comme une bibliothèque publique, sauf que les rayons sont en bois blanc ordinaire et que le sol en planches n'a pas de revêtement. Une bonne moitié des rayons sont vides. Sur les autres sont disposées, en rangs, des boîtes-classeurs plus larges que hautes, portant, collées au dos, des étiquettes soigneusement tapées à la machine et qui indiquent leur contenu. Chaque boîte renferme tous les films d'une seule journée de réunions hippiques, et tous sont soigneusement rangés dans l'ordre chronologique. Je sors la boîte-classeur de la journée où j'ai monté Squelch et Wanderlust à Reading, et j'examine son contenu. Elle contient six boîtes rondes de films de seize millimètres, numérotées de un à six, et il reste encore de la place pour une boîte numéro sept.

J'apporte le classeur à la fille. Elle est toujours assise sur le bureau ; elle remue ses pieds pour faire sécher le vernis et elle feuillette un magazine féminin.

— Vous avez trouvé ?

— Est-ce que vous prêtez ces films, si on vous le demande ?

— On les prête pas, on les loue. Evidemment.

— A qui ?

— A tous ceux qui le demandent. Généralement, c'est des propriétaires des chevaux. Souvent, ils veulent des copies à conserver ; on les exécute.

— Est-ce que les commissaires les réclament souvent ?

— Les commissaires ? Ma foi... euh... s'il y a le moindre doute au sujet d'un résultat, les commissaires regardent le film de la course. Le patron et Alfie, son assistant, développent sur place, dans leur camion-laboratoire, dès qu'ils ont retiré les bobines des caméras.

— Mais il arrive que les commissaires demandent à les voir longtemps après ?

— Quelquefois. Quand ils veulent comparer les performances de certains chevaux, par exemple.

Elle cesse brusquement de balancer ses jambes, pose son illustré et me dévisage carrément.

— Mais... vous n'êtes pas Kelly... Kelly Hughes ?

Je ne réponds pas.

— Mais vous n'êtes pas du tout comme je me l'imaginais.

Elle penche sa tête blonde de côté, pour m'examiner.

— Ces journalistes sportifs, y en a pas un qui a écrit que vous aviez une allure terrible, et que vous étiez drôlement beau gosse, en plus.

Je ris. J'ai le nez de travers, et le sabot d'un cheval m'a marqué la joue d'une longue balafre. Et s'il y a des jockeys qui peuvent passer pour des séducteurs, moi, je suis nettement en dehors du coup.

— C'est rapport à vos yeux, dit-elle. Parce qu'ils sont noirs, et qu'ils ont l'air souriants et tristes en même temps, et un peu absents. Ils me donnent le grand frisson, vos yeux.

— Vous avez dû trouver tout ça dans vos illustrés, fais-je.

— Jamais de la vie !

Mais elle éclate de rire.

— Qui a demandé le film qui manque dans la boîte ? je l'interroge. Et qu'est-ce qu'on voulait exactement ?

Elle pousse un soupir exagéré et se laisse glisser à bas du bureau ; elle chausse une paire de nu-pieds d'un rose agressif.

— C'est quel film ?

Elle regarde la boîte-classeur et son numéro de référence puis, ondulant des hanches et très Marilyn

Monroe, elle gagne un meuble-classeur posé contre le mur.

— Ah ! nous y voilà. Un pli officiel du secrétariat des commissaires qui réclame le film de la dernière course à Reading le...

Je lui prends la lettre des mains pour lire moi-même. Aucune équivoque n'est possible : « La dernière épreuve de la réunion de Reading... », c'est écrit en toutes lettres. Pas la sixième course, la dernière. Il y a eu sept épreuves, ce jour-là. Ce n'est pas la fille, ni la firme, qui se sont trompées.

De retour à la maison, je reste affalé dans mon fauteuil de velours vert. Le soir tombe et les couleurs s'estompent lentement dans une suite de gris délicats. Une sorte de vague apaisement s'insinue dans le cafard que je traîne depuis ces quatre derniers jours. J'en arrive à me demander avec une espèce de détachement si ma licence me sera rendue avant ou après le jour où je cesserai de me crisper chaque fois qu'on me regardera ou qu'on me parlera. Le plus facile serait probablement de me terrer quelque part et ne plus me montrer.

Comme je me terre en ce moment même, au lieu d'aller au bal de la Caisse de solidarité des jockeys.

Les billets sont sur la cheminée. Tony les a posés là, il y a quelques jours — avant... Des billets pour moi et la partenaire que je n'ai pas songé à inviter. Des billets qui ne seront pas utilisés, et pour lesquels j'ai renfloué la Caisse de solidarité de douze guinées.

Je reste pendant une demi-heure dans l'obscurité ; je pense aux gens qui assisteront ce soir au bal de la Caisse de solidarité des jockeys.

Puis j'endosse mon smoking et j'y vais.

VIII

Je m'attends à être le point de mire de tous les regards.

C'est ce qui se produit.

On me montre même du doigt en risquant quelques commentaires. Assez discrets, cependant, pour la plupart. Et deux personnes seulement me tournent résolument le dos.

Le bal de la Caisse des jockeys abonde, comme toujours, en personnages titrés, diamants, champagne et gens de talent. Passé minuit, il brillera sans doute un peu moins, mais malgré les verres renversés, les regards vitreux, les couches de fard superposées et les voix pâteuses, son éclat ne s'évanouira pas complètement. Ça n'arrive jamais. Le bal de la Caisse de solidarité des jockeys est l'un des grands événements mondains de la saison des steeple-chases.

Je laisse mon pardessus au vestiaire et gagne, par le large couloir, le lieu où la lumière est tamisée, la musique *hot* et l'atmosphère saturée de fumée et de parfums : la somptueuse salle de danse du *Royal County Hotel* donne sur la route de l'hippodrome d'Ascot.

Autour de la piste sont disposées un grand nombre de tables rondes pour dix ou douze personnes, la plupart déjà occupées. D'après le plan affiché dans le hall, je trouverai à la table trente-deux les places réservées pour Tony et moi ; si tant est qu'elles soient encore réservées. A mi-chemin, je renonce à repérer la table trente-deux car, à chaque pas, je vois une nouvelle batterie d'yeux curieux se lever vers moi. Bon nombre des gens se fendent d'un « bonsoir », mais aucun d'eux ne réussit à dissimuler un étonnement teinté d'indignation. C'est tout à fait aussi atroce que je me le suis imaginé.

J'entends une voix s'exclamer derrière moi, avec incrédulité :

— Hughes !

Je connais cette voix. Je me retourne avec un même sentiment de surprise. Roberta Cranfield. Dans une robe en soie couleur de miel dont le haut est richement brodé de perles et de fils d'or. Ses cheveux aux reflets de cuivre rouge sont tirés vers le sommet de sa tête et retombent en longues boucles souples sur sa nuque.

— Vous êtes rudement belle, dis-je.

Sa bouche s'ouvre.

— Hughes !

— Votre père est là ?

— Non, fait-elle, écœurée. Il s'est dégonflé. Mère aussi. Je suis venue avec une bande de voisins, mais je ne peux pas dire que je me sois beaucoup amusée avant de vous rencontrer.

— Pourquoi ?

— Mais c'est évident ! Vous n'avez qu'à jeter un coup d'œil autour de vous. Pas moins d'une cinquantaine de gens qui se tortillent le cou pour vous zieuter.

Vous ne trouvez pas ça révoltant ? Moi, en tout cas, j'en ai plus que ma claque, ce soir, et dire que je n'ai même pas assisté à cette sacrée course, et que je n'ai pas été suspendue.

Elle s'interrompt.

— Venez danser avec moi. Si on hisse les couleurs, autant aller jusqu'au bout.

— A une condition.

— Quoi ?

— Cessez de m'appeler Hughes !

— Comment ?

— Ecoutez, Cranfield, j'en ai assez d'être appelé Hughes !

— Oh !

De toute évidence, cette idée ne lui est jamais venue.

— Alors... Kelly... si on dansait.

— Avec plaisir, Roberta.

Elle m'adresse un regard incertain.

— J'ai toujours l'impression de ne pas vous connaître.

— Vous n'y avez jamais pensé.

— Vous non plus.

Ça m'ébranle. C'est vrai. Je l'avais prise en grippe. Et, à vrai dire, je ne la connais pas du tout.

— Ravi de faire votre connaissance, Roberta, dis-je poliment. Si on dansait ?

Nous nous mettons à piétiner en rond pour sacrifier à un de ces rites sauvages policés par la civilisation ; on oscille en cadence sans jamais se frôler. Son visage est calme et vaguement souriant. A voir sa sérénité, on dirait qu'elle se sent tout à fait à son aise, qu'elle n'est nullement la cible de tant de regards qui se retournent sur elle avec curiosité, de chuchotements plus ou moins discrets.

— Je ne comprends pas comment vous faites pour y arriver, dit-elle.

— Arriver à quoi ?

— A avoir l'air si... si naturel. Comme si de rien n'était.

— J'étais justement en train de penser la même chose de vous.

Elle sourit, les yeux plissés, les dents éclatantes de blancheur. Et, ce qui semble incroyable dans ces circonstances, elle a l'air heureuse.

Nous tenons le coup pendant dix bonnes minutes. Puis elle déclare que nous allons retourner à sa table et met le cap dans cette direction sans attendre mon accord. Je ne crois pas que ses amis seront ravis si je me joins à eux et, effectivement, une bonne moitié d'entre eux s'avèrent hostiles.

— Asseyez-vous et prenez un verre, mon cher, me dit son voisin d'une voix traînante en tendant une main molle pour s'emparer d'une bouteille de champagne. Et dites-moi tout sur votre campagne pour le retour de Cranfield. Roberta me dit que vous vous êtes lancé dans une opération « réintégration ».

— Jusqu'ici, je n'ai pas réussi.

— Mon cher, dit-il en me scrutant de haut en bas (il a dû être dans les Gardes. La plupart des anciens officiers des Gardes regardent le monde de haut en bas ; ça vient de cette espèce de couvre-chef dont ils sont affublés. Il est blond, dans la quarantaine, et ne me témoigne aucune hostilité. Roberta l'appelle Bobbie !), on pourrait dire que vous vous trouvez dans la situation d'un toubib qui vient d'être rayé de l'Ordre et qui s'amène quatre jours plus tard à la réception annuelle.

Je souris.

— Une comparaison qui se défend.

— Ne l'asticotez pas, Bobbie, lance Roberta.

Bobbie interrompt l'examen de ma personne pour toiser Roberta.

— Ma chère Roberta, ce gars-là n'a nullement besoin de l'aide des petites filles. Il est aussi solide qu'un vieux chêne.

Il se lève.

— Vous m'accorderez une danse, jeune fille ?

Je me lève en même temps que lui.

— Mais restez, mon vieux. Finissez votre verre.

— Vous êtes vraiment très aimable, dis-je avec franchise. Mais, à la vérité, je suis venu parler à une ou deux personnes... Si vous voulez bien m'excuser, je vais tâcher de les trouver.

Il m'adresse un drôle de petit signe de tête, quasiment cérémonieux, comme s'il voulait me saluer.

— Venez nous rejoindre plus tard, si ça vous chante.

— Je vous remercie. Merci beaucoup.

Il s'éloigne pour danser avec Roberta, je monte l'escalier d'accès au balcon qui entoure la salle. Là-haut, il y a aussi des tables partout mais, de certains endroits, on peut observer une bonne partie des gens d'en bas. Je passe un bon moment à les identifier en repérant le sommet de leur crâne.

A l'une des meilleures tables, près de la piste de danse, j'aperçois lord Ferth en conversation animée avec une grosse dame en robe ornée de plumes d'autruche bleu pâle. Toutes les autres chaises de la table sont inoccupées pour l'instant mais, pendant que j'observe la scène, l'orchestre change d'air, se lance dans une rumba, la plupart des invités reviennent. J'en connais vaguement un ou deux, mais pas très bien. L'homme que je cherche avant tout n'est pas parmi eux.

J'entends un froufrou de soie derrière moi et respire le frais parfum de fleur de Roberta.

— Kelly ?

Elle me semble extraordinairement jolie.

— Kelly... Bobbie suggère que vous me conduisiez au buffet.

— Très chic de sa part.

— J'ai l'impression que vous lui plaisez. Il a dit...

Elle s'interrompt brusquement.

— Enfin, ce qu'il a dit n'a pas d'importance.

Nous descendons l'escalier et passons sous la voûte d'entrée du restaurant. L'éclairage y est nettement plus franc, ce qui ne diminue d'ailleurs pas l'allure de Roberta.

Tout un côté de la salle est occupé par un buffet abondamment chargé de plats froids et de petits fours débordants de crème. Roberta m'annonce qu'elle a dîné chez Bobbie avant de venir et qu'elle n'a pas faim ; nous prenons quand même un peu de saumon et allons nous installer à l'une des vingt et quelques petites tables rassemblées dans une moitié de la salle.

A deux mètres de nous sont assis trois de mes collègues jockeys, les coudes sur la table, parmi une collection d'assiettes vides et de tasses de café.

— Kelly ! s'exclame l'un d'eux avec l'accent gras du Nord. Ça alors ! Kelly ! Viens à notre table, espèce de vieux machin. Et amène la prime avec toi.

Le menton de la prime se dresse avec une raideur qui ne m'est pas inconnue.

— Occupez-vous de la personnalité des gens, lui dis-je. Pas de leur accent.

Elle me lance un coup d'œil franchement éberlué, mais quand je me lève et prends son assiette, elle m'accompagne. Ils nous font place, expriment leur admiration des attraits de Roberta et ne font allusion à nulle suspension. Leurs cavalières, nous expliquent-ils, sont allées se repoudrer le nez, et au moment où les nez en question reparaissent, leur beauté soigneusement refaite, ils prennent tous congé avec un grand sourire et retournent dans la salle de danse.

— Ils ont été gentils, dit Roberta d'un air surpris.

— C'est naturel, chez eux.

Elle joue avec sa fourchette sans me regarder.

Nous finissons le saumon et passons au café. Une bande de gens plutôt bruyants arrivent du buffet avec des assiettes chargées. Ils poussent deux tables voisines de la nôtre et les joignent pour s'y installer. Ils sont déjà pas mal partis, très en train et décomplexés. Je les observe distraitement. J'en connais quatre : deux entraîneurs, dont l'un accompagné de son épouse, et un propriétaire.

Un des entraîneurs s'avise de ma présence et, du coup, en laisse littéralement tomber son couteau.

— Mais c'est Kelly Hughes, fait-il avec incrédulité.

Toute la bande se retourne d'un air ébahi. Roberta, désolée, respire un bon coup. Je ne bronche pas.

— Qu'est-ce que vous faites ici ?

Je réponds poliment :

— Je bois du café.

Ses yeux se rétrécissent. Trevor Norse n'est pas content. Je soupire intérieurement. Il n'est jamais bon de se mettre un entraîneur à dos : ça équivaut à la suppression d'une source éventuelle de revenus. Mais j'ai déjà couru plusieurs fois pour Trevor Norse, et je sais qu'on n'arrive jamais à le contenter.

Un type mastoc, de plus de un mètre quatre-vingts, qui croit faussement que la taille peut remplacer les capacités. Il est bien plus à son aise avec les propriétaires qu'avec les chevaux ; il fait la cour aux uns et ne s'occupe pas des autres.

Son écervelée d'épouse lance d'un air ravi :

— J'ai appris que vous payez les salaires des lads de Dexter parce que vous êtes convaincu qu'on va vous rendre votre licence dans un jour ou deux !

— Qu'est-ce que c'est que cette histoire ? demande Norse d'une voix cassante. Où as-tu entendu une bêtise pareille ?

Elle proteste :

— Mais tout le monde en parle, chéri !

— Qui ça, tout le monde ?

Elle glousse sottement.

— Je l'ai appris dans le lavabo des dames, si tu tiens absolument à le savoir. Mais c'est tout ce qu'il y a de vrai. J'en suis sûre. Les lads de Dexter l'ont raconté aux lads de Daphne, dans le bistrot où ils se rencontrent. Puis Daphne l'a dit à Miriam, et Miriam nous l'a raconté au lavabo.

— C'est vrai ? me demande Norse.

— A peu près.

— Bon Dieu !

— Miriam m'a raconté que Kelly Hughes voit dans tout cela un coup monté contre lui et Dexter, et qu'il est bien décidé à en découvrir l'auteur.

Mme Norse m'adresse un petit rire idiot.

— Cher ami, c'est drôle, non ?

— Follement, dis-je sèchement en me levant.

Roberta suit mon exemple.

— Je vous présente Roberta Cranfield, dis-je cérémonieusement.

Sur quoi ils poussent des ah ! et des oh ! tandis qu'elle dispense à la ronde un éclatant sourire artificiel. Après quoi nous retournons nous essayer, une fois de plus, sur la piste de danse. Sans sourire.

Je lui demande :

— Vous n'auriez pas envie d'un ticket de tombola, par hasard ?

— Non.

Elle a l'air abasourdie.

— Vous devriez, pourtant. Je voudrais m'approcher de ce côté de la salle.

— Pourquoi ?

— Pour essayer de dénicher quelqu'un. Je n'ai pas encore regardé par là-bas.

— Bon, d'accord.

Elle passe du parquet ciré à l'épaisse moquette foncée et se faufile jusqu'au passage aménagé entre les tables, et qui conduit au stand, gaiement décoré, de la tombola. On l'a planté au fond de la salle de danse.

Je cherche des yeux l'homme que je désire voir mais je ne le découvre pas. Mon regard en croise trop d'autres, dont la plupart se détournent rapidement.

— Je les déteste, dit Roberta avec véhémence. Je déteste ces gens.

Je lui achète quatre tickets. Trois sont vierges. Le quatrième porte un numéro qui gagne une bouteille de vodka.

— Je n'aime pas beaucoup ça, dit Roberta en l'acceptant d'une main hésitante.

— Moi non plus.

— Je la donnerai à la première personne qui se montrera gentille envers vous.

— Vous risquez d'être obligée de la boire vous-même.

Nous revenons, lentement et silencieusement, par le passage ménagé entre les tables. Une femme maigre se lève d'un bond au moment où nous nous approchons de sa table et, malgré les efforts aussi frénétiques qu'embarrassés de ses compagnons pour la retenir, elle parvient à se frayer un chemin jusqu'à nous. Ne pouvant avancer plus loin sans la bousculer, nous nous arrêtons.

— Vous êtes Roberta Cranfield, n'est-ce pas ? demande-t-elle.

Ses traits sont osseux, ses lèvres blêmes, ses yeux fulgurants, et ses cheveux grisonnants ont des boucles raides. Elle donne l'impression d'avoir beaucoup trop bu.

— Excusez-nous, dis-je doucement en tentant de passer.

— Oh non ! Vous ne passerez pas ! lance-t-elle. Pas avant que je vous aie dit ce que j'ai à dire.

— Grace ! gémit un type, à l'autre bout de la table.

Je le regarde de plus près. L'entraîneur d'Edwin Byler : Jack Roxford.

— Grace, ma chérie, laisse tomber. Assieds-toi, ma chérie, insiste-t-il.

« Grace, ma chérie » n'en a nullement l'intention. Elle est bien trop remontée.

— Votrc père a eu exactement c'qu'il méritait, ma fille, et je peux vous dire que j'en suis ravie. Ravie, ravie !

Elle approche son visage de celui de Roberta en la fixant d'un regard furibond. On dirait une folle.

Roberta la toise de haut en bas, d'une façon fort déplaisante, ainsi qu'en juge Grace.

— Un type comme ça, je danserais sur sa tombe ! dit-elle avec rage. Parfaitement !

— Pourquoi ? je lui demande carrément.

Elle ne me prête nulle attention et s'adresse à Roberta :

— Ce n'est qu'un sale poseur, votre père. Un sacré snob. Et il a eu ce qu'il méritait. Voilà. Vous pouvez lui dire ça de ma part.

— Veuillez me laisser passer, je vous prie, dit Roberta d'un ton glacial en s'efforçant d'avancer.

— Pas du tout ! Vous resterez ici !

Grace s'agrippe au bras de Roberta qui se dégage d'un air courroucé.

— Votre sale poseur de père a essayé de nous enlever les chevaux d'Edwin Byler. Vous le saviez, ça ? Dites ? Avec tous les grands airs qu'il se donne ! Toujours à raconter qu'Edwin aurait avantage à choisir une écurie plus importante, hein ? Oh ! je l'ai bien entendu, ce qu'il a dit ! Toujours à essayer de convaincre Edwin que ce qu'il lui faut, maintenant, c'est un grand entraîneur, le dessus du panier, pas des minables tels que nous, qui lui avons tout bonnement gagné je ne sais combien de courses ! Ça, alors, j'ai failli crever de rire quand j'ai appris qu'il avait écopé d'une suspension, vous pouvez me croire ! Il ne l'a pas volé, ai-je dit. Ça oui, ça m'a bien fait rigoler !

— Grace, insiste Jack Roxford d'un ton désespéré. Je suis navré, miss Cranfield. Normalement, elle n'est pas comme ça.

Il a l'air extrêmement gêné. J'imagine que Grace Roxford n'est que trop souvent dans cet état. Il donne l'impression du mari toujours en train d'excuser son épouse.

— Alors, soyez contente, madame Roxford, dis-je en élevant la voix. Vous avez eu ce que vous vouliez. Vous êtes contente. Pourquoi cette fureur ?

— Quoi ?

Elle tourne sa tête vers moi en chancelant un instant.

— Quant à vous, Kelly Hughes, ça vous pendait au nez. Et ne venez pas me répéter cette connerie qu'on a entendue ce soir, que ce serait un coup monté. Vous savez parfaitement que ce n'est que du bluff ! Les types comme vous et Cranfield, ça s'imagine que ça pourrait se permettre d'assassiner les gens sans qu'on leur fasse rien. Voilà les types que vous êtes. Mais il y a quelquefois une justice dans ce bas monde, et vous n'êtes pas prêt de l'oublier, je parie, monsieur le Gros-Malin !

L'une des femmes assises à sa table se lève pour essayer de la faire taire, se rendant compte que tout un chapelet d'oreilles, à six tables à la ronde, est orienté dans notre direction. Grace ne semble pas du tout s'en soucier. Moi, si.

— Mon Dieu ! murmure Roberta.

— Rentrez donc chez vous raconter ça à ce sacré snob qui vous sert de père, poursuit Grace. C'est à crever de rire qu'on ait dévoilé ses manigances. A crever de rire, voilà ce que c'est ! Marrant !

Son amie, affreusement gênée, la tire par le bras, et Grace, furieuse, se détourne de nous pour s'en prendre à elle. Nous profitons de cette brève accalmie pour nous faufiler derrière son dos ; comme nous battons en retraite, nous l'entendons encore hurler derrière nous, mais la musique noie ses paroles, à l'exception de « marrant » et « sacré snob ».

— Elle est horrible ! dit Roberta.

— Pas très drôle pour ce pauvre Jack.

— Je déteste les scènes. C'est répugnant.

— Vous pensez que toutes les émotions violentes sont répugnantes ?

— Ce n'est pas la même chose, dit-elle. On peut éprouver des émotions violentes sans faire de scènes. Je trouve les scènes écœurantes.

Je soupire.

— Celle-là l'était.

— Oui.

Elle marche, je le remarque, la tête très haute : avertissement classique à quiconque l'observe qu'elle ne se sent pas responsable, ni concernée, ni amusée d'avoir été mêlée à ce tapage.

— Si on buvait quelque chose ? je lui propose.

Elle dirige instinctivement son regard vers la table de Robbie, mais je secoue la tête.

— Au bar.

— Vous cherchez toujours quelqu'un ?

— C'est ça. On n'a pas encore essayé le bar.

— Quelqu'un qui va nous faire une nouvelle scène ?

— Ça m'étonnerait.

— Alors, d'accord.

Nous nous frayons un chemin à travers la foule. A présent, notre présence au bal doit être connue de presque tous les assistants. Les gens ne tournent plus carrément la tête d'un air surpris, mais glissent vers nous des regards obliques pour nous épier furtivement, et c'est extrêmement désagréable. Roberta se tient tellement droite qu'elle a presque l'air de lancer un défi au monde entier.

Le bar est archicomble, et la fumée des cigares forme une brume qui plane au-dessus des têtes bien peignées et du brouhaha des conversations, qui ne le cède en rien au tintamarre d'une discothèque. Je l'aperçois presque immédiatement par une mince trouée dans la foule. Adossé au mur du fond, il parle avec animation. En tournant soudain la tête, il porte son regard dans ma direction et croise un bref instant le mien, puis les groupes qui nous séparent se déplacent et nous obstruent la vue. N'empêche que pendant les deux secondes que la chose a duré, j'ai vu ses lèvres se serrer et ses traits se crisper sous l'effet de la contrariété. Mais il n'a manifesté aucune surprise : il était déjà au courant de ma présence au bal.

— Vous l'avez vu ? fait Roberta.

— Oui.

— Et... qui est-ce ?

— Lord Gowery.

Elle sursaute.

— Oh non ! Kelly...

— Je veux lui parler.

— Ça ne servira à rien.

— On ne sait jamais.

— Importuner lord Gowery, c'est la dernière, absolument la dernière chose à faire, si vous voulez récupérer votre licence. Vous le savez bien.

— Oui... Je ne crois pas qu'il se montrera particulièrement aimable. Donc, ça ne vous ennuie pas trop si je vous reconduis à la table de Bobbie ?

Elle prend un air inquiet :

— Vous n'allez pas faire de bêtises ? Pensez qu'il s'agit aussi de la licence de Père !

— J'en tiendrai compte, dis-je avec désinvolture.

Elle me décoche un regard soupçonneux, mais ne fait pas de difficultés pour retourner à la table de Bobbie.

IX

Lorsque je reprends le chemin du bar, je constate que lord Gowery vient d'en sortir. Il est debout à côté de lord Ferth ; tous les deux me regardent, avec des mines orageuses, m'avancer vers eux.

Je m'arrête à un mètre, puis j'attends les événements.

— Hughes, dit lord Gowery ouvrant les hostilités, votre place n'est pas ici.

— My Lord, fais-je poliment, nous ne sommes pas à Newmarket Heath.

Ma réponse ne leur plaît pas du tout. Elle les offense tous deux. Ils serrent les rangs.

— L'insolence ne vous mènera nulle part, dit lord Ferth.

Et lord Gowery ajoute :

— On ne vous rendra jamais votre licence si vous adoptez une attitude pareille.

Je réponds sans m'emporter :

— La justice dépendrait-elle des bonnes manières ?

— J'aurais cru que la honte vous interdirait de venir ici, dit lord Ferth.

Je demande à lord Gowery :

— Voudriez-vous être assez aimable pour me dire qui vous a suggéré, à vous-même ou aux autres commissaires, de convoquer M. Newtonnards pour l'interroger ?

Je perçois, dans son regard, un changement presque imperceptible, mais suffisant pour me convaincre que j'ai vu juste.

— Certainement pas.

— Alors, voulez-vous bien me dire qui a chargé l'enquêteur privé David Oakley de visiter mon appartement ?

— Non plus.

Il a haussé la voix et, pour la première fois, elle paraît nuancée d'une certaine crainte.

En proie à un doute grandissant, Ferth pose son regard tantôt sur lui, tantôt sur moi :

— Mais de quoi s'agit-il ?

— M. Cranfield et moi-même avons été injustement suspendus, dis-je. Quelqu'un a envoyé David Oakley chez moi arranger cette photo truquée. Et je pense que lord Gowery sait de qui il s'agit.

— Je n'en sais absolument rien, lance lord Gowery avec colère. Avez-vous envie d'être poursuivi en justice pour diffamation ?

— Je ne vous ai pas diffamé, monsieur.

— Vous avez dit...

— J'ai dit que vous saviez qui avait envoyé David Oakley chez moi. Je n'ai pas dit que vous saviez que la photo était truquée.

— Et elle ne l'était pas, insiste-t-il âprement.

— Ma foi, si.

Le silence qui suit se charge d'électricité. Puis lord Gowery reprend avec difficulté :

— Je n'ai pas l'intention d'en écouter plus.

Sur quoi il tourne les talons sans plus de cérémonie et replonge dans le bar.

Lord Ferth, l'air préoccupé, esquisse un pas pour le suivre.

— My Lord, dis-je, pourrais-je vous parler un instant ?

Il s'arrête et se retourne vers moi :

— Oui, je pense que ça vaudrait mieux.

Du geste, il m'indique la salle de restaurant voisine, et nous passons sous l'entrée voûtée pour gagner ces lieux mieux éclairés. Presque tous les gens ont terminé leur repas et sont retournés danser. La longue table du buffet n'offre plus que des restes, et toutes les petites tables, sauf deux, sont inoccupées. Il s'installe à l'une d'elles et m'indique la chaise, en face de lui. J'y prends place.

— Bon, dit-il. Maintenant, expliquez-vous.

Je parle d'une voix calme et mesurée : si je trahissais mon émotion, ça risquerait de le rebuter, tandis qu'il se montrera peut-être sensible au bon sens.

— My Lord, si vous vouliez bien considérer l'enquête de mon point de vue, pendant une minute, c'est extrêmement simple. Je sais, moi, que je n'ai jamais reçu cette somme de cinq cents livres, ni ce mot de M. Cranfield. C'est pourquoi il est évident pour moi que David Oakley a menti. Il est impensable que les commissaires l'aient envoyé chez moi, car la preuve qu'il a présentée est un faux. Il s'agit donc de tiers. J'ai pensé que lord Gowery le saurait peut-être. Jé lui ai donc posé la question.

— Il répond qu'il l'ignore.

— Je n'en suis pas entièrement sûr.

— Hughes, vous exagérez.

— Voulez-vous dire par là, monsieur, que les personnes d'un certain rang disent infailliblement la vérité ?

Il me dévisage d'un regard inexpressif et demeure un long moment silencieux.

— Quelles écoles avez-vous fréquentées ? me demande-t-il enfin.

D'ordinaire, je ne souffle mot du genre d'enseignement que j'ai reçu car, selon toute probabilité, ça ne m'avancerait à rien, ni avec les propriétaires ni avec les entraîneurs. N'empêche qu'il y a un temps pour tout. Je lui réponds donc :

— Ecole primaire de Coedlant, Collège de Tenby et l'E.E.P.L.

— L'E.E.P.L... Vous ne voulez pas dire... L'Ecole d'Economie Politique de Londres ?

Il a l'air surpris.

— Si.

— Mon Dieu...

Je le regarde assimiler ça.

— Quels cours y avez-vous suivis ?

— Politique, Philosophie et Eco-Po.

— Mais alors, pourquoi diable être devenu jockey ?

— Presque par hasard. Ça n'était pas dans mes projets. Quand j'ai terminé mes derniers examens, je me suis senti intellectuellement fatigué et j'ai décidé de prendre une sorte de congé payé en retournant aux champs travailler la terre... Je m'y connais, mon père travaille dans une ferme. J'ai aidé à la moisson chez un fermier du Devon et, chaque matin, je montais ses steeple-chasers pour leur faire prendre un peu d'exercice. Il faut vous dire que j'ai fait du cheval presque toute ma vie. Il avait une licence et c'était un véritable enragé. Et puis un jour, dans une réunion de début d'année du Devon, son frère qui courait pour lui s'est fracturé l'épaule. Il m'a demandé de courir à sa place, et presque tout de suite j'ai commencé à gagner... et puis j'y ai pris goût... Et par la suite, je n'ai jamais pu me décider à devenir fonctionnaire, comme j'en avais toujours eu vaguement l'intention et... ma foi... je ne l'ai jamais regretté.

— Même à présent ? dit-il avec ironie.

Je secoue la tête.

— Même à présent.

— Hughes...

Des rides d'incertitude creusent son visage.

— Je ne sais que penser. Au début, j'étais convaincu que vous n'étiez pas homme à retenir Squelch délibérément... Mais il y a eu tous ces témoignages accablants. Et Charlie West qui affirme catégoriquement que vous avez vraiment tiré le cheval...

Je baisse mon regard sur la table. Tout compte fait, je ne tiens pas particulièrement à rendre œil pour œil et dent pour dent.

— Charlie se trompe, dis-je. Il a confondu deux courses. J'ai en effet retenu un cheval dans une autre épreuve, à peu près à la même époque... Je montais un *chaser* novice sans aucune chance, tout à fait en queue du peloton. Je voulais seulement lui faire courir une bonne épreuve d'entraînement. C'est de cette course-là que Charlie s'est souvenu.

— Ce n'est pas ce qu'il a donné à entendre, répond-il d'un air sceptique.

— En effet, dis-je. Depuis, j'ai eu une explication avec Charlie. Il serait peut-être disposé à admettre qu'il s'est trompé de course. Si vous interrogez les commissaires d'Oxford, vous découvrirez que Charlie ne leur a rien dit aussitôt après la Lemonfizz, quand ils se sont livrés à leurs premières investigations sur ma prétendue passivité. Il ne leur en a parlé que plus tard, devant la commission d'enquête de Portman Square.

— Je vois !

Il fronce les sourcils.

— Et la question que vous avez posée à lord Gowery, au sujet de Newtonnards, quel sens lui donnez-vous ?

— Newtonnards n'a pas informé spontanément les commissaires que M. Cranfield avait joué Cherry Pie, mais il a raconté ça à plusieurs de ses collègues bookmakers. Quelqu'un a ensuite renseigné les commissaires. Je voulais savoir qui.

— Est-ce que vous insinuez que c'est cette personne qui a envoyé Oakley à votre domicile ?

— Ça se peut. Mais pas nécessairement.

Je me tais et le regarde d'un air hésitant.

— Qu'y a-t-il ? demande-t-il.

— Monsieur, je ne veux pas vous offenser, mais ça vous ennuierait-il de me dire pourquoi vous avez siégé à l'enquête ? Pourquoi étiez-vous quatre au lieu de trois, car lord Gowery, si vous voulez bien m'excuser de le dire, ne semblait manifestement pas goûter cet arrangement.

Il serre les lèvres.

— Vous devenez tout d'un coup singulièrement plein de tact.

— Oui, monsieur.

Il me dévisage posément. C'est un grand type maigre aux pommettes saillantes, aux épais cheveux noirs et aux yeux pleins de feu. Un homme doué d'une force de caractère si peu commune qu'on ne l'oublie jamais quand on l'a rencontré. Le meilleur allié que je puisse espérer dans le milieu du steeple-chase, pour peu que je réussisse à le gagner.

— Je ne veux pas vous révéler les raisons que j'avais pour y siéger, dit-il avec une nuance de réprobation dans la voix.

— Vous aviez donc certaines... réserves... quant à la manière dont serait dirigée l'enquête ?

— Je n'ai pas dit ça !

Mais c'est bien ce qu'il a pensé.

— Lord Gowery a choisi Andrew Tring pour participer en sa compagnie à l'audition. Or Andrew Tring désire en ce moment que lord Gowery lui accorde une très importante cession de terrain. Et il a choisi comme troisième commissaire lord Plimborne qui, lui, n'arrêtait pas de dormir.

— Vous rendez-vous compte de ce que vous dites ?

Il est sincèrement scandalisé.

— Je veux savoir comment Lord Gowery a obtenu toutes ses preuves contre nous. Je veux savoir pourquoi le secrétariat des commissaires a fait projeter un autre film au lieu du vrai. Je veux savoir pourquoi lord Gowery a témoigné d'un tel parti pris, pourquoi il est resté complètement sourd à nos dénégations, pourquoi il s'est montré aussi résolu à nous suspendre.

— Vos propos sont diffamatoires...

— Je vous demande de lui poser ces questions, dis-je carrément.

Il me fixe d'un air stupéfait. Je poursuis :

— Il vous répondrait peut-être, à vous. Peut-être vous le dira-t-il. Mais, à moi, jamais !

— Hughes... vous ne vous attendez tout de même pas à ce que je...

— Le jugement n'a pas été loyal, et il le sait. Je vous demande de l'asticoter pour voir s'il fournira une explication.

— Vous parlez d'un homme hautement respecté, dit-il avec froideur.

— Oui, monsieur. Un baron, un homme riche, et commissaire de longue date ! Je sais tout cela.

— Et vous soutenez néanmoins ... ?

— Oui.

Son regard brûlant s'assombrit.

— Il vous traînera en justice.

— Seulement si je me trompe.

— Il m'est impossible de faire une chose pareille, dit-il d'un ton décidé.

— Et... je vous en prie, si par hasard vous possédez un magnétophone, utilisez-le.

— Je vous ai dit...

— Oui, monsieur, je sais.

Il se lève, hésite comme s'il allait ajouter quelques mots, mais au moment où je me lève à mon tour, il pivote brusquement et s'éloigne d'un pas vif. Après son départ, je me rends compte que mes mains tremblent, et je sors à mon tour de la salle du restaurant ; j'ai l'impression d'avoir subi un rude choc.

Ou bien j'ai ressuscité nos licences, ou bien je les ai enterrées pour toujours ; seul, le temps nous dira ce qu'il en est.

— Je danserai encore avec vous l'année prochaine, dit-elle.

— Le pacte est conclu.

Elle sourit, et un rayon de lumière égaré éclaire un instant ses yeux dans lesquels je discerne une certaine expression, sans toutefois en comprendre la signification.

Roberta s'en rend compte. Elle détourne la tête, puis s'éloigne de moi, en m'indiquant d'un geste qu'elle veut retourner à sa table. Je la ramène à Bobbie, et elle s'assied aussitôt pour entreprendre de repoudrer un nez qui n'en a nul besoin.

— Bonne nuit, dis-je à Bobbie. Et merci.

— Pas de quoi, mon vieux. A la prochaine.

— Bonsoir, Roberta.

Elle lève les yeux. Il n'y a plus rien dans son regard.

— Bonsoir, Kelly, fait-elle avec retenue.

Je m'installe dans ma voiture surbaissée à carrosserie orange et je prends la route en pensant à elle. Roberta Cranfield. Elle ne correspond guère à mon idée du couchage. Trop froide, trop de retenue, trop hautaine. Et pourtant cette raideur ne va pas du tout avec le cuivre flamboyant de ses cheveux. Ou peut-être cette raideur vient-elle de ce que je ne suis que le fils d'un ouvrier agricole. Et jockey, en plus. Son père lui a appris que les jockeys appartiennent aux classes inférieures, ma chérie, et surtout, ne te salis pas les mains avec ces gens-là...

Kelly, me dis-je, tu as bel et bien une tête de pioche sur tes épaules, mon gars ! C'est peut-être aussi ce qu'elle pense, mais qu'est-ce que ça peut te faire ? Et même si elle le pense, elle a passé presque toute la soirée avec toi... encore qu'elle se soit soigneusement gardée de te toucher de trop près... Peut-être seulement parce qu'il y avait tellement de gens à nous observer... ou peut-être tout simplement que ça ne lui disait rien.

J'ai pris l'itinéraire le plus court pour rentrer chez moi ; j'ai évité le sud de Reading par des routes écartées et désertes ; je roule vite pour la seule raison que la vitesse est devenue chez moi une habitude. Cette voiture est de loin la meilleure que j'aie jamais eue, la seule dont je puisse être fier. Un chef-d'œuvre de mécanique, et une belle silhouette. Malgré les quarante mille kilomètres que je lui ai fait avaler depuis un an, j'ai toujours le même plaisir à la conduire. Son seul défaut, celui de la plupart des voitures grand sport, c'est d'être munie d'un système de chauffage totalement inopérant qui, en dépit de toutes les révisions et essais de persuasion, se contente obstinément de dégivrer le pare-brise et, à un degré près, de sauver mes pieds de la congélation. Si on le pousse, il se venge en vous soufflant au nez une odeur de gaz d'échappement.

Cette nuit, le temps est à la gelée. Je frissonne et branche le chauffage au maximum ; non sans le maudire, comme d'habitude.

Je passe ma main sur mon front : je me sens fatigué et j'ai l'impression d'avoir les tempes serrées. Je maintiens prudemment une vitesse de soixante-cinq à l'heure.

Comme elle était jolie, Roberta, ce soir... Occupe-toi de la route, Kelly, bon Dieu... D'habitude, je conduis pour ainsi dire automatiquement, sans m'obliger à me concentrer sur chaque mètre que je parcours. Mais en ce moment, je me surprends à ralentir encore davantage, car mes réflexes sombrent de plus en plus dans la léthargie, et mon cerveau est engourdi. Je n'ai pourtant pas bu plus d'un demi-verre de champagne de toute la soirée, ça ne peut donc pas être ça.

Je suis tout bonnement en train de m'endormir.

C'est une nuit de pleine lune, remplie d'étoiles. J'ai laissé le parcours boisé derrière moi, et les cristaux du givre brillent comme des diamants sur l'herbe des talus qui bordent la route. Joli à regarder, mais mal venu, car, avec cette forte gelée, on risque d'annuler les courses de demain, à Sandownpark... Soudain, je me rends compte que ça ne me concerne plus.

Je jette un coup d'œil à l'indicateur de vitesse. Soixante. J'ai l'impression que c'est beaucoup trop. Je ralentis encore et descends à cinquante-cinq en dodelinant de la tête comme un hibou. A cinquante-cinq, on ne risque rien.

L'impression d'avoir les tempes serrées se mue lentement en un pénible mal de tête. N'importe, je n'en ai plus que pour une heure avant d'arriver chez moi. Je vais pouvoir dormir... dormir... dormir...

Ça ne va pas, me dis-je dans un brouillard. Il faut que je m'arrête pour faire un somme, même si je dois me réveiller à moitié gelé. Sinon, je vais m'endormir quand même, sans m'arrêter, et après, plus personne.

A la prochaine déviation...

Je cherche à en repérer une, puis j'oublie ce que je cherche, j'appuie de moins en moins fort sur le champignon ; j'ai l'idée qu'à quarante-cinq on ne doit rien risquer. Mais quarante, ça serait peut-être plus sûr.

Un peu plus loin, j'encaisse soudain des cahots sur la chaussée, et mon pied abandonne l'accélérateur. Le moteur cale, et la voiture s'arrête.

Et voilà. Ça règle le problème. Je devrais tout de même déplacer la voiture, la garer sur le bord de la route. Mais on ne le voit pas, le bord. Très bizarre.

Le mal de tête serre mes tempes, et maintenant que

le moteur est arrêté, je perçois un vague tintement dans mes oreilles.

Peu importe. Le mieux, c'est de dormir. En laissant mes phares allumés... il ne passe pas grand monde sur cette route... pas à deux heures du matin... mais il faut laisser allumé... pour le cas où.

Je devrais me garer sur le bas-côté.

Je devrais...

C'est trop difficile. Même pas la force de bouger mes bras comme il faut, de toute façon... Alors, rien à faire.

Au plus profond de mon crâne, un vague reste d'instinct se met à sonner l'alarme.

Quelque chose ne va pas. Je ne le sens que vaguement, mais quelque chose d'horrible plane dans l'air.

Dormir. Faut que je dorme.

Sors de là, m'ordonne une dernière lueur de conscience. Sors de la voiture.

A contrecœur, car c'est un effort terrible, je m'attaque d'une main débile à la poignée du portillon. Il s'ouvre. Je sors une jambe et tente de me mettre debout, mais je me sens submergé par une vague de vertige. Ma tête m'élance. Ce que j'ai... ça ne peut pas... c'est impossible.... Ce n'est pas une envie de dormir naturelle.

Sors de la voiture.

Mes bras et mes jambes appartiennent à un autre. Ils parviennent à me hisser... je suis debout... sans savoir comment ça s'est fait. Mais j'en suis sorti, je suis dehors.

Dehors.

Et maintenant ?

Je fais trois pas chancelants vers l'arrière de la voiture et m'appuie contre l'aile. C'est drôle, me dis-je, le clair de lune est plus sombre que tout à l'heure.

Le sol tremble.

Absurde ! Quelle bêtise. La terre ne tremble pas.

Pourtant elle tremble. Et l'air s'emplit d'un cri plaintif. Avec ça, la lune est en train de tomber sur moi. Elle descend du ciel et me fonce dessus...

Pas la lune... Un énorme monstre qui pousse des hurlements plaintifs, il n'a qu'un œil, aveuglant et grand comme la lune. Un monstre qui fait trembler la terre. Un monstre qui fonce pour me dévorer, un monstre gigantesque, tout noir et plus rapide que le vent. Un monstre tellement terrifiant qu'il est impossible de l'imaginer...

Et moi qui ne bouge pas. J'en suis incapable...

L'express postal d'une heure trente, le Paddington-Plymouth, percute ma robuste petite voiture, emportant avec lui ses restes broyés près d'un kilomètre plus loin sur la voie.

X

Je ne me suis pas rendu compte de ce qui m'arrivait. Je n'y ai rien compris. Un énorme fracas de métal broyé, l'ouragan d'un huit tonnes Diesel passant à cent cinquante à l'heure à portée de ma main ; un coup sourd, d'une violence fantastique, qui me soulève comme un pantin et me catapulte en saut périlleux dans les airs, en dessinant un arc kaléidoscopique et sombre.

Ma tête est stoppée par un pilier en béton. Quant au reste de ma personne, j'ai l'impression que le massacre est si complet qu'il exclut toute idée de réparation. Mon cerveau s'emplit d'arcs-en-ciel : du bleu, du mauve, du rose ardent, une multitude d'étoiles et de minuscules diamants qui étincellent. Pas vilain, tant que ça dure. Mais ça ne dure pas longtemps. Un enfer de flammes dévorantes emporte tout, remplaçant les couleurs par des douleurs.

Le train s'est arrêté, en amont de la voie, dans un crissement strident. Lumières et bruits de voix m'en parviennent.

Le sol est glacé, dur et humide. Un liquide tiède coule de mon front sur mon visage. Je sais que c'est du sang. Ça me laisse quasiment indifférent. Du reste, je n'arrive pas du tout à penser clairement. Et au fond, je n'en ai pas tellement envie.

Encore des lumières. Des tas de lumières. Des tas de gens. Des tas de voix.

Une voix que je reconnais.

— Roberta, ma chère enfant, ne regardez pas.

— C'est Kelly ! dit-elle avec saisissement, d'un accent horrifié et inoubliable. C'est Kelly.

La deuxième fois, d'une voix qui exprime le désespoir.

— Ne restez pas là, ma chère.

Elle reste. Elle est à genoux à côté de moi. Je peux sentir son parfum, sa main sur mes cheveux. Je suis étendu sur le flanc, le nez dans la poussière. Quelques instants plus tard, mes yeux rencontrent au premier plan le segment arrondi d'une robe de soie couleur de miel. Dessus, il y a des taches de sang.

— Vous abîmez... votre robe, dis-je.

— C'est sans aucune importance.

Ça m'aide, en quelque sorte, de l'avoir auprès de moi. Je lui suis reconnaissant d'être restée. Je voudrais lui dire. J'essaie... je veux... dire : « Roberta ». Le nom que je prononce en réalité est... « Rosalind ».

— Oh ! Kelly...

Sa voix est comme un mélange de pitié et de détresse.

Je songe sombrement qu'elle va s'en aller maintenant que j'ai commis une erreur aussi saugrenue, mais elle reste là, elle me chuchote de petites phrases, par exemple : « Vous serez bien vite remis », et par moments elle ne dit rien du tout, elle reste là simplement avec moi. Je ne sais pas très bien pourquoi j'ai envie qu'elle reste. Il me revient que cette fille, je ne la trouvais même pas sympathique.

Et tous les gens tenus d'accourir sur les lieux d'un accident arrivent en temps voulu. Les voitures de police avec leurs feux tournants bleus. L'ambulance qui réveille tout le voisinage avec sa sirène. Bobbie emmène Roberta en lui disant qu'il n'y a plus rien qu'elle puisse faire. Les gars de l'ambulance me ramassent sans façon pour m'étendre sur un brancard et si, mentalement, je les traite de brutes, c'est uniquement que le moindre mouvement fait monter à ma gorge un hurlement que je ne parviens à arrêter qu'en serrant les dents. Et encore... je n'en suis pas trop sûr...

Je reprends conscience du monde environnant comme on le fait en pareil cas : peu à peu, dans un malaise, en compagnie d'une infirmière d'âge moyen qui me tapote la main et me sert le sempiternel « réveillez-vous-mon-chou-c'est-fini ».

Je dois admettre que mes pires craintes ne se sont pas réalisées : je suis toujours en possession de mes deux jambes. Une que je peux bouger, l'autre dans le plâtre. A l'intérieur du plâtre, une douleur pas trop méchante. La douleur qui me faisait hurler s'est atténuée au niveau du chuchotement. Je pousse un soupir de soulagement.

Quelle heure est-il ? Cinq heures, mon chou.

Où suis-je ? Dans une salle de malades, en voie de guérison, mon chou. Et maintenant, faites encore un bon dodo, et quand vous vous réveillerez, vous verrez que vous vous sentirez beaucoup mieux, mon chou !

Je lui obéis, et je me rends compte en me réveillant qu'elle avait raison.

Au milieu de la matinée, un toubib s'amène. Vieux et mastoc, et l'air vanné.

— Vous l'avez échappé belle, dit-il.
— En effet.
— Plus que vous ne vous l'imaginez. Nous vous avons fait une prise de sang. A vrai dire, nous vous avons fait deux prises de sang. La première, pour tester la teneur en alcool. Avec un résultat pratiquement négatif. Ce qui nous a intrigués : sauf un gars qui aurait trop bu, qui donc arrêterait sa bagnole sur un passage à niveau, puis en descendrait et resterait adossé au véhicule placé en travers des rails ? Le médecin des urgences nous a dit que vous aviez juré ne pas avoir bu et que, de toute façon, à son avis, vous n'en aviez pas l'air... mais que vous aviez eu un méchant mal de tête qui se calmait d'ailleurs à ce moment-là... Ce qui nous a amenés à réfléchir un peu à votre cas : nous avons examiné le rouge vif des taches de sang sur votre chemise... et nous avons effectué une nouvelle prise de sang... Et voilà ! On a trouvé !
Il se tait d'un air de triomphe.
— Trouvé quoi ?
— Carboxyhémoglobine.
— Quoi ?
— Oxyde de carbone, mon gaillard. Empoisonnement à l'oxyde de carbone. Ce qui explique tout, vous comprenez ?
— Oh... mais je croyais... qu'avec l'oxyde de carbone... on perdait complètement conscience, qu'on s'en allait purement et simplement.
— Ça dépend. Si vous inspirez d'un coup une dose massive, c'est ce qui arrive, par exemple aux gens qui sont bloqués dans un amas de neige et qui laissent leur moteur en marche. Mais par petites quantités, un mince filet de gaz, l'intoxication vous affecte plus lentement. Cependant le résultat final est le même,

évidemment. L'hémoglobine des globules rouges présente une plus grande affinité avec l'oxyde de carbone qu'avec l'oxygène, de sorte qu'elle absorbe tout l'oxyde de carbone que vous respirez, mais fait peu cas de l'oxygène. Si la teneur de votre sang en oxyde de carbone augmente progressivement... les symptômes se manifestent eux aussi progressivement. Ils sont très insidieux, du reste. L'ennui, c'est qu'il semble que les gens qui commencent à avoir sommeil allument une cigarette pour se tenir éveillés ; or, la fumée du tabac introduit à elle seule des quantités non négligeables d'oxyde de carbone dans le corps, ce qui veut dire que la cigarette peut très bien constituer le coup de grâce. Au fait... vous fumez ?

— Non.

Et dire que, craignant de m'endormir au volant, cette nuit-là, je l'ai regretté.

— Tant mieux pour vous. De toute évidence, vous aviez déjà accumulé une quantité bien suffisante d'oxyde de carbone.

— J'ai dû rouler pendant une demi-heure... peut-être quarante minutes. Je ne sais plus très bien.

— C'est miracle que vous vous soyez arrêté sans dommage. Etant donné votre état, on se serait plutôt attendu à ce que vous alliez tamponner un obstacle.

— C'est presque ce que j'ai fait... dans un tournant.

Il hoche la tête.

— N'avez-vous pas senti l'odeur du gaz d'échappement ?

— Je ne l'ai pas remarquée. J'avais l'esprit trop préoccupé. De plus, l'appareil du chauffage renvoie quelquefois une odeur de gaz d'échappement. Ce qui fait que je n'y aurais pas attaché grande importance, pourvu qu'elle ne soit pas trop forte.

Je jette un coup d'œil de haut en bas sur mon propre corps caché par les draps.

— Quels sont les dégâts ?

— Pas terribles à présent, fait-il avec jovialité. Pour ça aussi, vous avez eu de la veine. Vous aviez des luxations multiples... hanches, genou et cheville. Je n'avais encore jamais rencontré les trois sur un seul patient. Très intéressant. Nous avons parfaitement réussi à remettre tout ça en place. Rien d'écrasé, aucune fracture, aucun tendon sectionné. Nous estimons que vous ne risquez même pas une tendance périodique au déboîtement. Un ou deux ligaments distendus autour de votre genou, c'est tout.

— C'est un miracle.

— Un cas intéressant, c'est vrai. Une sorte d'accident hors série, à coup sûr. Il n'y entre aucune violence directe. Nous pensons que ça pourrait être un effet de souffle, l'impact de l'air. Le déplacement d'air vous a en quelque sorte écartelé dans tous les sens. Comme sur le chevalet du Moyen Age, hein ?

Il émet un gloussement.

— Nous avons mis votre genou et votre cheville dans le plâtre pour qu'ils puissent se ressouder normalement. Mais dans trois ou quatre semaines, on pourra l'enlever. Il ne faut pas que vous portiez votre poids sur votre hanche. Un peu de physiothérapie ne vous ferait pas de mal. Mais évitez de vous fatiguer pendant quelque temps, quand vous sortirez d'ici. Vos muscles s'étaient pas mal contractés, et tous vos ligaments ont été brutalement tiraillés. Avant de courir le mile, attendez un peu que ça se tasse, tout ça.

Il sourit, d'un sourire qui se termine presque par un bâillement. Il l'étouffe d'un air d'excuse.

— La nuit a été longue...

— En effet.

Mardi après-midi, je rentre chez moi en ambulance, muni d'une paire de béquilles, et avec la recommandation de passer le plus clair de mon temps dans la position horizontale.

Tony m'accompagne dans ma lente ascension de l'escalier, en s'excusant que Poppy ne puisse pas me garder chez eux, les gosses lui donnent tant de mal qu'elle en est à moitié folle et, en raison de son état, malade.

— Je me débrouillerai très bien tout seul.

Il me conduit dans la chambre à coucher où, me conformant à la consigne, je m'étends tout habillé sur le dessus-de-lit. Après quoi Tony met le cap sur le whisky pour se consoler de mes déboires.

— Est-ce que tu as besoin de quelque chose ? Je vais t'apporter à manger, tout à l'heure.

— Merci. Veux-tu m'amener le téléphone ?

Il va chercher l'appareil et enfonce la fiche dans la prise installée à côté de mon lit.

— Ça va ?

— Très bien.

— Alors, à tout à l'heure.

Il expédie son verre en vitesse et se dirige vers la porte avec beaucoup plus d'empressement que d'habitude ; il se hâte de s'éloigner de moi, comme gêné.

— Qu'est-ce qui ne va pas ? je lui demande.

Il sursaute.

— Rien. Absolument rien. Faut seulement que je donne leur goûter aux gosses avant de retourner aux écuries pour la corvée du soir. Je te reverrai tout à l'heure, mon vieux. Pour le casse-croûte.

Je hausse les épaules. Il me confiera ses ennuis le moment venu, s'il en a envie.

Je décroche le téléphone et forme sur le cadran le numéro du garage local. C'est leur meilleur mécano qui répond.

— Monsieur Hughes... on m'a dit... pour votre belle voiture...

Il me témoigne sa compassion sincère pendant trente bonnes secondes.

— Eh oui, dis-je. Derek, est-ce qu'il y a la moindre possibilité que le gaz d'échappement ait pénétré à l'intérieur de la voiture par l'appareil de chauffage ?

Ma question l'offense.

— Vu comme je l'ai révisé, sûrement pas !

— Il paraît que j'ai respiré une quantité d'oxyde de carbone.

— Pas par l'appareil de chauffage, en tout cas... Ça, je n'arrive pas à le comprendre !

Il se tait un instant pour réfléchir.

— Ils font spécialement attention que ça ne puisse pas se produire, vous comprenez ? Déjà quand ils dessinent le modèle. Le gaz ne pourrait s'infiltrer par l'appareil de chauffage que si le joint d'étanchéité du collecteur d'échappement avait du jeu ou était usé, et si, en plus, il y avait une fissure ou une cassure dans les tubulures de l'appareil de chauffage ; et il faudrait encore, en plus, un tuyau de raccord entre le collecteur et l'appareil de chauffage. Vous pouvez me croire, monsieur Hughes : il n'y avait rien de tout ça sur votre voiture. Elle était en parfait état, et on l'a toujours entretenue au poil.

— Parfois une odeur de gaz d'échappement se dégageait de l'appareil de chauffage. Si vous vous rappelez, je vous l'ai signalé il y a quelque temps.

— Cette fois-là aussi, j'ai fait une révision complète de tout le système. Absolument rien ne clochait. La seule chose possible, c'est que le gaz d'échappement ait fait une espèce de remous et soit passé de l'arrière à l'avant de la voiture au moment où vous ralentissiez, et qu'il se soit introduit par l'entrée d'air, celle d'en bas, à côté de l'appareil de chauffage.

— Est-ce que vous ne pourriez pas aller jeter un coup d'œil sur ma bagnole ? Enfin, ce qu'il en reste ?

— Il y a pas mal de boulot ici, dit-il en hésitant.

— La police m'a donné l'adresse du garage où elle se trouve à présent. Il paraît que tous les débris doivent y rester en attendant que les types de l'assurance les aient examinés. Mais vous qui connaissez la voiture... ça vous serait plus facile de remarquer des différences depuis la dernière fois que vous l'avez révisée. Vous ne pourriez pas y aller voir ?

— Vous voulez dire...

Il hésite, puis poursuit :

— Vous ne voulez pas dire... que je pourrais peut-être y trouver... enfin... du louche ?

— Je n'en sais rien. Mais j'aimerais bien le savoir.

— Ça vous causera des frais, me prévient-il. Il faut que je prenne ça sur mes heures de travail.

— Ne vous tracassez pas pour ça. Si vous pouvez y aller, ça vaudra le coup.

— Alors, ne quittez pas.

Il s'en va consulter son patron. Puis il revient.

— Bon, ça marche. Le patron dit que je n'ai qu'à y aller demain matin dès la prise du boulot.

— Epatant. Passez-moi un coup de fil en revenant, voulez-vous ?

— Ça ne pouvait pas être le joint d'étanchéité, fait-il brusquement.

— Pourquoi pas ?

— Vous l'auriez entendu. Ça fait un rude boucan. A moins que vous ayez branché la radio ?

— Non.

— Un joint d'étanchéité qui saute, ça s'entend, dit-il d'un ton catégorique. C'est-à-dire... évidemment, si d'une façon ou d'une autre, l'échappement alimentait directement l'appareil du chauffage... peut-être que non. L'appareil de chauffage aurait pu amortir le bruit, à peu près comme un pot de détente... Mais je ne comprends pas comment ça aurait pu se produire. Enfin... tout c'que je peux faire, c'est d'aller y regarder.

J'aurais bien voulu l'accompagner. Je repose le récepteur en reluquant ma jambe droite d'un œil maussade. L'enveloppe lisse du plâtre commence à mi-cuisse et descend jusqu'à la naissance des doigts de pied, eux-mêmes recouverts par une grossière chaussette blanche de l'hôpital. Un pantalon appartenant à Tony, et trop long de quinze centimètres, ménage une place suffisante au plâtre et le dissimule décemment ; ce qui, question de prestance, sauve les apparences.

Je soupire. C'est la barbe, ce plâtre. Je ne sais pas comment ils s'y sont pris, mais ils l'ont modelé de telle façon que je n'arrive pas à m'asseoir comme il faut dans un fauteuil. Que je sois debout ou couché, je suis mieux qu'assis. Je ne le garderai pas plus longtemps que nécessaire, c'est certain. Les muscles qui y sont emprisonnés ne doivent pas se trouver très bien non plus de ne jamais bouger. Ils vont devenir flasques, inaptes, affaiblis. Ce serait une fameuse ironie du sort que je réussisse à récupérer ma licence mais que je sois trop faible pour courir.

Tony revient à huit heures avec la moitié d'un poulet. Il ne reste pas, même le temps de boire un coup.

— Tu peux te débrouiller ? me demande-t-il.

— Bien sûr. Ça va bien.

— Ta jambe ne te fait pas un peu mal, tout de même ?

— Même pas. Je ne sens absolument rien.

— Alors, ça va.

Je le sens soulagé ; il s'en retourne sans m'avoir vraiment regardé en face.

Le lendemain matin, Roberta Cranfield se présente.

— Kelly ! appelle-t-elle. Vous êtes là ?

— Dans la chambre à coucher.

Elle traverse le living et s'arrête dans l'encadrement de la porte. Son manteau de fourrure à rayures blanches et noires est ouvert sur un pantalon noir et un pull couleur vert mousse.

— Bonjour, fait-elle. Je vous ai amené quelque chose à manger. Je le mets dans la cuisine ?

— C'est très gentil à vous.

Elle m'examine. Je suis allongé, tout habillé, sur le dessus-de-lit, et je lis le journal du matin.

— Vous n'avez pas l'air trop mal en point.

— Non, ça va très bien. Je m'ennuie, c'est tout. Enfin... pas depuis que vous êtes là, évidemment.

— Evidemment, acquiesce-t-elle en souriant. Vous voulez que je fasse un peu de café ?

— Allez-y.

Elle apporte le jus dans de grandes tasses, se dépouille de sa fourrure et se laisse choir avec grâce dans le fauteuil de ma chambre à coucher.

— Vous avez l'air un peu mieux aujourd'hui, remarque-t-elle.

— Vous allez pouvoir enlever les taches de sang de votre robe ?

Elle hausse les épaules.

— Je l'ai donnée à nettoyer. Ils feront ce qu'ils pourront.

— Je suis navré.

— Sans importance.

Elle boit son café à petites gorgées.

— J'ai donné un coup de fil à l'hôpital, samedi. Ils m'ont répondu que tout allait bien.

— Merci.

— Mais pourquoi diable vous êtes-vous arrêté sur la voie de chemin de fer ?

— Quand j'ai compris que c'était la voie de chemin de fer, il était trop tard.

— Mais comment avez-vous fait pour y arriver malgré la barrière baissée ?

— La barrière n'était pas baissée.

— Elle l'était quand nous avons voulu passer. Il y avait plein de lumières et un tas de gens qui criaient, qui hurlaient, nous sommes descendus de voiture pour voir ce qui se passait, et quelqu'un nous a raconté que le train avait heurté une voiture... Puis je vous ai vu étendu de tout votre long, immobile, la figure couverte de sang, à peu près à trois mètres de la voie. Pas beau comme spectacle. Pas beau du tout. Abominable !

— Désolé... J'avais les poumons gonflés à l'oxyde de carbone, ce qui m'autorise peut-être à invoquer les circonstances atténuantes, non ?

— Espèce d'imbécile, fait-elle en souriant.

La barrière a dû se baisser après que je me suis arrêté sur la voie. Je ne l'ai ni entendue ni vue. Je suppose que le gaz m'avait affecté plus que je ne m'en souviens.

— Je vous ai appelée Rosalind, dis-je d'une voix pleine de regret.

— Je sais.

Elle fait une petite grimace.

— Avez-vous cru que c'était elle ?

— Non... C'est sorti comme ça. Je voulais dire Roberta.

Elle se lève telle une liane, s'avance de quelques pas et s'arrête devant la photo de Rosalind.

— Elle aurait été contente... de savoir qu'elle était toujours la première dans vos pensées, au bout de tout ce temps.

La sonnerie stridente du téléphone voisin coupe court à mon étonnement. Je décroche le récepteur.

— Kelly Hughes ?

C'est une voix cultivée, pleine d'assurance, et habituée à donner des ordres.

— Ici Wykeham Ferth. J'ai appris votre accident par les journaux... une information de ce matin dit que vous êtes rentré chez vous. J'espère que... vous allez bien ?

— Oui, je vous remercie, my Lord.

Ridicule, ce que mon cœur bat la chamade. Et voilà mes paumes qui se mettent à transpirer.

— Etes-vous à peu près en état de venir à Londres ?

— Je suis... j'ai une jambe dans le plâtre... Il ne me serait pas très facile de voyager en voiture, j'en ai peur.

— Hum.

Un bref silence.

— Très bien. C'est donc moi qui viendrai à Corrie en voiture. C'est l'ancien établissement de Harringay, n'est-ce pas ?

— C'est ça. J'habite un appartement sur la cour. Si vous entrez dans la cour par l'allée carrossable, vous verrez tout au fond une porte verte avec une boîte à lettres en cuivre jaune. Elle ne sera pas fermée. Il y a un escalier à monter. J'habite à l'étage.

— D'accord, dit-il d'une voix énergique. Alors, à cet après-midi ? Bien. Attendez-moi vers... euh... à quatre heures. Parfait ?

— Monsieur...

— Pas maintenant, Hughes. Cet après-midi.

Je repose lentement le récepteur. Six heures de suspense. Que le diable l'emporte.

Roberta est revenue se blottir dans le fauteuil. Elle m'apprend que son père semble avoir enfin refait surface, et qu'il a même accepté une invitation à dîner hier soir. Tous les lads sont restés. Ils passent la majeure partie de leur temps à jouer aux cartes et au football, car les seuls chevaux encore dans les écuries sont quatre yearlings à moitié détraqués, et trois vieux steeple-chasers qui se remettent de blessures reçues dans leurs dernières courses. La plupart des propriétaires ont promis à Cranfield de lui ramener leurs chevaux si sa licence lui était rendue dans les toutes prochaines semaines.

— Ce qui travaille Père, à présent, c'est l'espoir. En pensant à la grande réunion de Cheltenham, qui aura lieu dans quinze jours seulement, il se ronge les sangs, il se demande si on lui rendra Breadwinner à temps pour le faire courir à son nom dans la Gold Cup.

— Dommage que Breadwinner ne soit pas engagé dans le Grand National. Ça nous donnerait un peu plus de temps pour nous rattraper.

— Est-ce que votre jambe serait guérie à temps pour la Gold Cup ?

— Si j'ai ma licence, j'enlèverai mon plâtre moi-même.

— Avez-vous avancé un peu... à propos des licences ?

— Je n'en sais trop rien.

Elle soupire.

— C'était un beau rêve. Et ce n'est pas maintenant que vous pourrez faire grand-chose.

Elle se lève et va ramasser les béquilles qui traînent par terre, près du lit. Elles sont en métal noir, tubulaires, munies d'appuis pour les coudes et de poignées.

— C'est bien plus pratique que les anciens trucs qu'il fallait se mettre sous les aisselles, dis-je.

Elle fixe les béquilles à ses bras et sautille autour de la chambre, à cloche-pied.

— Ça fatigue pas mal les mains, pourtant.

Elle a l'air très naturelle et complètement absorbée par ce jeu. Je l'observe en me rappelant la révélation que j'eus, dans mon enfance, quand je me demandai pour la première fois ce qu'on pourrait éprouver dans la peau d'un autre.

Au milieu de ce calme idyllique survient Tony, l'air misérable et une feuille de papier pliée à la main.

— Bonjour, fait-il en apercevant Roberta.

Un bonjour plutôt morose.

Il s'assied dans le fauteuil et regarde Roberta qui se balance, un genou replié, sur les béquilles. Mais ses pensées sont ailleurs.

— Alors, qu'est-ce qui se passe ? dis-je. Accouche.

— Cette lettre... elle est arrivée hier, répond-il d'une voix lourde.

— Hier, j'ai bien compris qu'il y avait des ennuis.

— Je ne pouvais pas te la montrer alors que tu venais de sortir de l'hôpital. Et je ne sais vraiment pas quoi faire, Kelly, mon vieux. Vraiment pas.

— Fais voir.

Il me tend la lettre d'un air tourmenté. Je déplie la feuille. C'est un bref avertissement des autorités hippiques. Bang ! Bang ! Les deux canons du fusil ont tiré.

« Monsieur,

« Il nous a été signalé qu'une personne exclue de l'hippodrome de Newmarket occupe, en qualité de locataire, un logement sis dans la cour de vos écuries. Cela étant contraire aux règlements, vous êtes invité à mettre fin à cette situation le plus vite possible. Il n'est sans doute guère nécessaire de vous rappeler que votre propre licence d'entraîneur peut faire l'objet d'une révision si vous négligez de prendre les mesures qui s'imposent. »

— Les connards ! explose Tony avec force. Les sales connards !

XI

Derek, le mécano du garage, s'amène pendant que Roberta débarrasse le déjeuner qu'elle a tenu à préparer elle-même. Quand il sonne à la porte d'entrée, elle descend ouvrir.

Il traverse le living-room d'un pas hésitant, en jetant un coup d'œil par-dessus son épaule pour voir si ses chaussures ne laissent pas de traces de boue, puis il essuie machinalement sa main sur son pantalon avant de prendre la mienne. Je le prie de s'asseoir.

Il reluque d'un regard incertain le fauteuil recouvert de velours kaki et s'y installe enfin avec précaution. Sa propreté ne laisse pourtant en rien à désirer. Au lieu de sa combinaison habituelle couverte de cambouis, il porte un pantalon, comme tout le monde, et une veste de sport. C'est l'habitude qui lui manque.

— Vous allez bien ? me demande-t-il.

— Très bien.

— Si vous aviez été dans la bagnole...

Rien que cette idée a l'air de lui donner la nausée ; sa vive imagination est une des qualités qui font de lui un mécanicien auquel on peut se fier. Il ne tient nullement à avoir des morts sur la conscience. Jeune, blond, timide, son intelligence s'exprime surtout par la science de la mécanique qu'il possède sur le bout des doigts. En dehors des voitures, il s'intéresse à peu de choses.

— Jamais on n'a vu un truc pareil, c'est impossible à imaginer, commence-t-il. On ne peut même pas dire si c'était vraiment une bagnole. Pas au premier coup d'œil. Il n'y a que des morceaux, rien que des petits morceaux... des bouts de métal, on serait pas fichu de dire de quoi ça faisait partie, je vous jure. Des petits trucs complètement tortillés.

Il avale sa salive.

— Ils les ont ramassés dans des baquets de zinc.

— Le moteur aussi ?

— Oui. En mille morceaux. J'y ai tout de même jeté un coup d'œil. Mais ça m'a pris du temps, parce que c'était tout emmêlé, je vous jure. Je peux vous dire qu'au début, j'ai même pas pensé que c'était un collecteur d'échappement que j'avais ramassé, ça ressemblait absolument à rien de ce qu'on peut imaginer.

— Vous avez découvert quelque chose ?

— Voici.

Il fouille dans la poche de son pantalon.

— Et c'est comme ça qu'était tout le reste. Celui-là, c'est un morceau du collecteur d'échappement. De la fonte, vous voyez. Alors, c'est évidemment fragile, et ça s'est cassé en un tas de morceaux. Vous comprenez, ce n'était pas broyé, ou en accordéon comme les trucs en tôle d'aluminium. C'était pas faussé ni plié, voyez-vous. C'était tout bonnement en mille morceaux.

— En effet, je vois.

Des rides anxieuses s'effacent de son front quand il se rend compte qu'il a réussi à me faire comprendre ce qu'il voulait dire. Il s'approche de moi et pose le petit morceau de fonte noir, déchiqueté et pointu, dans ma main. Vu les dimensions réduites, c'est lourd. D'environ six à sept centimètres de longueur et asymétriquement courbé, c'est un fragment de la paroi latérale d'un tube de large diamètre.

— A ce que je crois, voyez-vous, dit Derek en pointant son index, ça vient de l'endroit où le collecteur se rétrécit pour se joindre au tuyau d'échappement. Mais franchement, ça pourrait venir de n'importe où ailleurs. Il y avait pas mal de débris du collecteur quand j'ai regardé, mais je n'ai pas pu trouver le morceau qui s'ajuste à celui-là, peut-être bien qu'il est encore en train de rouiller sur la voie, au passage à niveau. En tout cas, quand on regarde ce bout-là — il indique de son gros doigt une encoche arrondie à un angle du morceau déchiqueté —, vous voyez, ça, c'est le côté d'un trou qui a été percé dans la paroi du collecteur. Bon, comprenez bien, on peut percer pas mal de trous dans la paroi d'un collecteur. Je veux dire qu'il y a des gens, par exemple, qui font adapter un indicateur de gaz d'échappement à leur collecteur... ou même d'autres jauges. Seulement voilà, il n'y avait pas de jauges à votre collecteur. Oui ou non ?

— Vous le savez sûrement mieux que moi.

— Il n'y en avait pas. Evidemment, on ne peut guère savoir à quoi servait ce trou. Ce n'est pas certain du tout. Seulement, à ce que je sais, il n'y avait pas de trous dans votre collecteur la dernière fois que j'ai révisé la bagnole.

Je passe mon doigt sur la petite encoche semi-circulaire. Un demi-centimètre de diamètre, pas plus.

— Comment avez-vous fait pour repérer un truc aussi petit ? je lui demande.

— A franchement parler, j'en sais rien. Faut vous dire que je suis resté là-bas deux bonnes heures au moins, à trier ces sacrés morceaux du tuyau. Faut reconnaître que je l'ai fait méthodiquement. Puisque vous payez les frais.

— C'est un gros boulot de percer un trou de cette grandeur dans un collecteur d'échappement ? Ça prendrait beaucoup de temps ?

— Une demi-minute, peut-être.

— Avec une perceuse électrique ?

— Bien sûr. Si on utilisait une perceuse à main, il faudrait tout de même compter cinq minutes. Disons même huit ou dix, pour plus de sûreté.

— Beaucoup de gens trimbalent des perceuses dans leur trousse à outils ?

— Ça, vous savez, ça dépend du type. Il y en a, ils ont toujours un tas de trucs de toutes sortes dans leur bagnoles. Des vrais ateliers ambulants, des fois. Et puis, il y a ceux qui laissent leur trousse de réparation là où elle est sans même l'ouvrir une seule fois entre le moment où leur bagnole sort de l'usine et celui où elle tombe en ruines.

— Donc les gens trimbalent tout de même des perceuses ?

— Bien sûr. Un tas de types. Des perceuses à main, évidemment. On n'a pas besoin d'une perceuse électrique. Pas dans une trousse à outils ordinaire, en tout cas, enfin, à moins de faire une tapée de réparations. Comme ça arrive, par exemple, avec les bagnoles de course.

Il retourne s'asseoir, toujours avec les mêmes précautions, dans le fauteuil.

— Et si quelqu'un perçait un trou de cette grandeur dans le collecteur, qu'est-ce qui se passerait ?

— Ma foi, pas grand-chose. Evidemment, des gaz d'échappement passeraient par le moteur. Ça ferait pas mal de boucan ct ça sentirait peut-être dans la voiture, mais ça s'éventerait, voyez-vous, ça ne passerait pas par l'appareil de chauffage. Pour ça, comme je vous l'ai déjà dit, il faudrait une sorte de tuyau pour relier le trou à l'appareil de chauffage. Remarquez que ça ne serait pas difficile à fabriquer, et que vous n'auriez pas besoin d'une perceuse. Il y a des tubes de chauffage, ils ne valent pas mieux que du carton.

— Un tuyau de caoutchouc branché de l'un à l'autre ? je suggère.

Il secoue la tête.

— Non. Faut que ça soit du métal. Le gaz d'échappement, c'est brûlant. Ça ferait fondre tous les matériaux autres que du métal.

— Croyez-vous que quelqu'un puisse effectuer tout ça sans s'y préparer à l'avance ?

Il penche la tête de côté et réfléchit :

— Oui, bien sûr. S'il a une perceuse. Tout c'qu'il lui faut, après, c'est un bout de tube. Et pour ça, il n'a qu'à chercher un peu autour de lui. Y'a toujours un tas de trucs comme ça qui traînent. L'autre jour, je me suis servi du cadre d'un petit vélo de gosse, c'était justement ce qu'il me fallait. Vous cherchez d'abord votre bout de tube, et après, vous percez un trou de la dimension qu'il faut pour les raccorder. Le tour est joué.

— Combien de temps ça prendrait, en tout ?

— De connecter le collecteur à l'appareil de chauffage ? Mettons, en tout, et même s'il fallait farfouiller un peu dans le coin pour dégoter un bout de tube, ma foi, une demi-heure au plus. Un quart d'heure, si vous avez déjà quelque chose de prêt sous la main. C'est seulement de percer le trou qui prendrait un peu de temps, vous comprenez ? Le reste, c'est facile comme bonjour.

Roberta apparaît dans l'encadrement de la porte ; elle met son manteau de fourrure à rayures. Derek se lève, embarrassé, ne sachant que faire de ses mains. Elle lui adresse un sourire charmant, sans le voir vraiment, et me demande :

— N'avez-vous besoin de rien d'autre, Kelly ?

— Non. Merci beaucoup.

— De rien. Je verrai... Je ferai peut-être un saut demain.

— Epatant.

— Très bien.

Elle incline la tête, esquisse un sourire discret et sort avec sa prestance habituelle.

— Bon Dieu, fait Derek en guise de commentaire.

Je lui pose une autre question :

— Je suppose que vous n'avez pas repéré quelques morceaux de tube de ce genre parmi les débris ?

— Hein ?

Il arrache avec quelque difficulté son regard de la porte ouverte par laquelle Roberta vient de sortir.

— Non, pas possible : c'était moche à voir, vous savez. Un tas de ferraille, impossible de voir ce que c'était avant. Je n'ai jamais vu un truc pareil. Sûr que j'en ai vu, des bagnoles accidentées. Mais ça, c'était différent.

Il frissonne rien que d'y penser.

— Avez-vous eu des difficultés pour obtenir la permission de chercher ?

— Non, pas du tout. Ils n'avaient pas l'air de s'intéresser à ce que je faisais. Ils m'ont seulement dit : « Allez-y. » Evidemment, je leur ai expliqué que c'était un peu comme ma voiture à moi, vu que c'était moi qui m'en occupais. De toute façon, ils s'en fichaient, puisque quand j'ai eu fini, ils ont laissé l'autre mec fouiller aussi.

— Quel autre mec ?

— Un autre type. Il a dit qu'il était de la compagnie d'assurances ; mais il n'avait pas de calepin.

— De calepin ?

— Bien sûr. Les types des assurances, il y en a toujours chez nous à traîner au garage pour reluquer les bagnoles accidentées, et il y en a pas un qui n'a pas son petit calepin. Ils ratent pas un seul détail, ils notent tout. Mais ce mec-là, qui regardait les restes de votre bagnole, il n'avait pas de calepin.

— De quoi il avait l'air ?

— Difficile à dire, vous savez. Il avait rien de spécial. Comme qui dirait tout à fait moyen. Pas jeune, et pas vraiment vieux non plus. Un type quelconque, quoi !

— Est-ce qu'il portait des lunettes noires ?

— Non ! Il portait un chapeau, mais je ne sais même pas s'il avait des lunettes ordinaires. Je ne me rappelle pas du tout. J'ai pas remarqué.

— Est-ce qu'il fouillait dans les débris comme s'il savait ce qu'il cherchait ?

— Heu... sais pas, franchement. Ça me revient qu'il avait l'air plutôt épaté de voir qu'il ne restait que des petits morceaux de la bagnole.

— Il n'y avait pas une fille avec lui ?

— Non.

Ses traits s'éclairent.

— Il s'est amené dans une Volkswagen grise, assez vieille.

— Il y en a des milliers comme ça.

— Oui, évidemment. Heu... il est important, ce mec ?

— Seulement s'il cherchait la chose que vous avez trouvée.

Peu à peu, mon idée s'impose à lui.

— Ça alors ! s'exclame-t-il.

Lord Ferth arrive vingt minutes plus tard que prévu ; il y a déjà une demi-heure que je tourne en rond dans mon appartement en sautillant sur mes béquilles, incapable que je suis de rester tranquille.

Il s'arrête sur le seuil du living-room ; il tient d'une main une serviette et un chapeau melon, et déboutonne de l'autre son court pardessus fauve.

— Eh bien, Hughes, dit-il. Bonjour.

— Bonjour, my Lord.

Il entre, ferme la porte derrière lui et pose son chapeau sur le bahut en chêne.

— Comment va la jambe ?

— Etat stationnaire. Est-ce que je peux vous offrir un peu de thé... ou du café... ou peut-être un verre ?

— Rien pour l'instant.

Il pose son pardessus sur le bahut et reprend la serviette ; il regarde autour de lui de l'air étonné que j'ai l'habitude de remarquer chez mes visiteurs. Je lui offre le fauteuil vert à côté duquel est disposée une petite table basse. Il me demande où je vais m'asseoir.

— Je resterai debout, dis-je. J'ai des difficultés à m'asseoir.

— Mais vous ne restez pas debout toute la journée ?

— Non. La plupart du temps, je suis allongé sur mon lit.

— Dans ce cas, on parlera dans votre chambre à coucher.

Nous passons la porte du fond du living-room et, cette fois, il pense tout haut :

— A qui appartient cet appartement ?

— A moi.

Remarquant le ton sec de ma voix, il me lance un bref regard :

— Ma surprise vous fâche ?

— Ça m'amuse.

— Hughes... quel dommage que vous ne soyez pas entré dans l'administration ! Vous seriez allé loin.

Je ris :

— Il est encore temps... Est-ce qu'ils acceptent les jockeys suspendus à tous les échelons de l'administration civile ?

— Ainsi, vous êtes capable de plaisanter sur ce sujet ?

— Ça m'a pris neuf jours. J'y arrive à peu près.

Il me dévisage longuement, l'air de me jauger, et un changement subtil s'opère aussi bien dans ses manières que dans son attitude générale envers moi. Quand je comprends soudain ce que cela signifie, ça me flanque un coup, car il me situe sur le même plan que lui, au même niveau social et intellectuel. Et j'en suis loin. Très peu d'hommes occupant sa position se seraient arrêtés à envisager une telle attitude, encore moins l'auraient-ils choisie. J'apprécie le compliment. Il se rend compte que j'apprécie, et je comprendrai plus tard que, si ce changement fondamental n'avait pas eu lieu — cette abolition des rapports commissaire-jockey —, il ne m'aurait jamais dit tout ce qu'il m'a confié. Et ça ne serait pas arrivé s'il n'était pas venu me voir chez moi.

Il s'installe dans le fauteuil recouvert de velours kaki ; il pose avec précaution la serviette par terre, à côté de lui. J'ôte mon poids de mes béquilles et les ressorts du lit prennent la relève.

— Je suis allé voir lord Gowery, commence-t-il d'un ton neutre. Et je ne vois aucune raison de ne pas vous annoncer tout de suite que votre suspension, à vous et à Dexter Cranfield, sera annulée dans les jours qui viennent.

— Vous parlez sérieusement ?

Tout en m'exclamant, j'essaie de m'asseoir, mais le plâtre me l'interdit.

Lord Ferth sourit :

— Telles que je vois les choses, il n'y a aucune autre possibilité. Une simple communication paraîtra à cet effet dans le calendrier des courses de la semaine prochaine.

— Evidemment, c'est tout ce que vous avez besoin de me dire.

Il me regarde en face :

— Exact. Mais ce n'est pas tout ce que vous avez envie de savoir.

— Non.

— Personne n'en a davantage le droit... Pourtant, à vous de juger si vous en parlerez à Dexter Cranfield.

— D'accord.

Il soupire, se penche pour ouvrir sa serviette et en sort un beau petit magnétophone.

— J'ai bien essayé d'oublier votre suggestion, de ne plus y penser. J'y ai d'ailleurs réussi pendant un bon moment. Toutefois...

Il se tait, tout en manipulant les dispositifs de commande de l'engin.

— Cette conversation a eu lieu lundi, en fin d'après-midi, dans le living-room de l'appartement de lord

Gowery, près de Sloane Square. Nous étions seuls... vous comprendrez qu'il n'y avait pas de témoins. Il savait, cependant, que je procédais à un enregistrement.

Il hésite encore.

— De la pitié. C'est ce qu'il vous faudra. Je crois que vous n'en manquez pas.

— N'essayez pas de me prendre par les sentiments.

Il grimace un sourire :

— Très bien.

L'enregistrement débute par les habituelles platitudes embarrassées qu'on échange devant un micro, surtout quand personne ne veut se jeter à l'eau le premier. C'est lord Ferth qui s'est décidé, en fin de compte.

« — Norman, je vous explique pourquoi il faut revoir sérieusement cette enquête.

« — Hughes est ridicule. Pas seulement ridicule, mais carrément diffamatoire. Je ne vois pas pourquoi on le prendrait au sérieux. »

La voix de Gowery semble agacée.

« — Il le faut, ne serait-ce que pour lui clouer le bec. »

Lord Ferth jette un coup d'œil autour de la chambre, une lueur ironique étincelle dans son regard brûlant. L'enregistrement se poursuit et sa voix se fait douce comme le miel.

« — Norman, vous savez parfaitement bien qu'il vaudrait mieux pour tout le monde que nous puissions prouver que ses allégations ne sont pas fondées. A ce moment-là, nous pourrons catégoriquement confirmer la suspension et balayer toutes ces rumeurs. »

Subtil, ce laïus. Lord Gowery adopte un ton plus dégagé, assuré que Ferth reste son allié. Ce qui, à ce moment-là, était peut-être vrai.

« — Je vous assure, Wykeham, que si je n'avais pas cru sincèrement que Hughes et Cranfield étaient coupables, je ne les aurais pas fait suspendre. »

Un peu bizarre, sa formule. Le fait semble frapper Ferth, et Gowery lui-même : pendant plusieurs secondes, le silence règne.

« — Et vous le pensez toujours, n'est-ce pas ? » demande enfin Ferth.

« — Naturellement ! »

Il est catégorique.

« — Mais bien sûr ! »

Beaucoup trop catégorique.

« — Bon.. heu... pour parler d'abord d'une des questions posées par Hughes... Comment se fait-il que Newtonnards ait été convoqué à l'enquête ? »

« — J'ai été informé que Cranfield avait joué Cherry Pie chez lui.

« — Oui. Mais qui vous a informé ? »

Gowery ne répond pas.

De nouveau, la voix de Ferth, une voix égale, qui ne cherche pas à intimider.

« — Hum... A votre avis, comment avons-nous pu nous tromper de film pour la course de Hughes à Reading ? »

Gowery se sent là sur un terrain plus solide.

« — C'est ma faute, j'en ai peur. J'ai demandé au secrétariat d'écrire pour obtenir le film de la dernière épreuve. Je n'ai pas pensé qu'il y avait sept courses. J'admets que c'est une négligence de ma part. Mais naturellement, comme il ne s'agissait pas du film en question, il n'avait aucun rapport avec l'enquête. »

« — Heu... » marmonne lord Ferth.

Mais il ne semble pas encore prêt à discuter. Je l'entends s'éclaircir la gorge avant de poursuivre.

« — Je suppose que vous trouviez utile de montrer comment Hughes avait monté Squelch à la réunion précédente ? »

Après un nouveau silence, Gowery répond :

« — Oui.

« — Mais en l'occurrence, nous n'avons pas montré ce film.

« — Non.

« — L'aurions-nous montré si, après l'avoir visionné, nous avions constaté que l'épreuve de Reading confirmait entièrement les déclarations de Hughes affirmant avoir monté Squelch dans la Lemonfizz exactement comme d'habitude ? »

Encore un silence. Puis Gowery répond lentement, à voix basse :

« — Oui. »

Il semble très embarrassé.

« — A l'enquête, Hughes nous a demandé de projeter le film en question », dit Ferth.

« — Non. Je suis sûr que non ! Il ne l'a pas demandé.

« — Je viens de lire le procès-verbal, Norman. J'ai lu et relu ce procès-verbal pendant tout le week-end et, pour être franc, c'est pourquoi je suis ici. Hughes a effectivement demandé que nous montrions le vrai film, probablement parce qu'il savait qu'il étaierait sa défense...

« — Hughes était coupable ! » intervient Gowery avec véhémence. « Hughes était coupable, je n'avais d'autre choix que de le suspendre. »

Lord Ferth appuie sur le bouton d'arrêt du magnétophone :

— Dites-moi. Que pensez-vous de cette dernière déclaration ?

— Je pense, dis-je lentement, qu'il le croyait vraiment. Je le pense, non seulement à cause de cette déclaration, mais à cause des souvenirs que je garde de l'enquête. Il était si fort convaincu de ma culpabilité qu'il est resté absolument sourd à tout ce qui semblait contredire, même de la manière la plus vague, l'opinion qu'il s'était faite.

— C'est bien l'impression que vous avez eue ?

— Une impression accablante.

Lord Ferth mordille sa lèvre inférieure en secouant la tête, mais je déduis de cette mimique qu'elle s'adresse à la situation en général et non à moi personnellement. Il appuie encore sur le bouton de marche, et sa voix s'élève, soigneusement inexpressive, onctueuse comme de la vaseline.

« — Au fait, Norman, pour en venir à la composition de l'enquête... Les membres de la commission de discipline qui ont siégé avec vous... qu'est-ce qui vous a guidé dans le choix d'Andrew Tring et du vieux Plimborne ?

« — Ce qui m'a guidé ? »

La question semble le surprendre.

« — Je n'en ai aucune idée !

« — J'aimerais que vous vous en souveniez.

« — Je n'aperçois aucun rapport... mais voyons un peu... Je suppose que j'ai pensé à Tring machinalement, car je suis en affaires avec lui, en ce moment. Quant à Plimborne... Eh bien, je l'ai tout simplement aperçu au club, par hasard ; il sommeillait. Je lui ai parlé plus tard, dans le vestibule et, sur l'inspiration du moment, je lui ai demandé de siéger. Je ne vois pas à quoi rime cette question.

« — Ça n'a pas d'importance. Bon... Au sujet de Charlie West. Je peux évidemment comprendre que vous convoquiez le jockey du troisième cheval. Et il ressort clairement du procès-verbal que vous saviez quelle sorte de déposition il fournirait. Or, au cours de l'enquête préliminaire faite à Oxford, West n'a pas le moins du monde accusé Hughes d'avoir retenu son cheval. J'ai consulté ce matin les trois commissaires d'Oxford. Ils confirment que West n'a rien dit de tel à ce moment-là. A l'enquête de la commission de discipline, c'est pourtant ce qu'il a affirmé, et vous saviez ce qu'il allait dire. Alors, heu... comment l'avez-vous appris ? »

Encore le silence.

La voix de Ferth poursuit, légèrement soucieuse.

« — Norman, si par hasard vous avez chargé un commissaire appointé de rencontrer West en privé pour le soumettre à un interrogatoire plus serré, dites-le, au nom du Ciel ! Ces jockeys sont tous solidaires. Il était parfaitement raisonnable de penser que West ne chargerait pas Hughes au début, mais qu'il pourrait peut-être l'accuser si on le pressait de questions. Avez-vous envoyé un appointé chez lui ? »

Gowery répond d'une voix faible :

« — Non !

« — Dans ce cas, comment saviez-vous ce que West allait dire ? »

Gowery ne répond pas. Ou, plutôt, il répond à côté.

« — J'ai chargé un appointé d'examiner toutes les courses dans lesquelles Cranfield avait fait courir deux chevaux, et de dresser une liste de toutes les épreuves où le cheval le moins joué avait gagné. Or, comme vous le savez, il est d'usage courant de signaler, dans une enquête, tout ce qui, dans le passé d'un jockey, a trait à son métier. C'était une procédure tout à fait normale.

« — Je n'ai pas dit le contraire », fait la voix de Ferth d'un ton intrigué.

Ferth arrête le magnétophone et hausse des sourcils interrogateurs en me regardant.

— Qu'est-ce que vous pensez de ça ?

— Il est dans les sables mouvants et cherche un caillou pour s'y agripper.

Il soupire, appuie sur le bouton, et la voix de Gowery s'élève :

« — Tout était là, en noir et blanc... C'était parfaitement vrai... Ils l'avaient déjà fait.

« — Comment ça, c'était parfaitement vrai ? Quelqu'un vous a-t-il dit qu'ils l'avaient fait à plusieurs reprises ? »

Le silence, encore le silence. Gowery s'enlise.

Ferth ne le presse toujours pas. Il garde au contraire le même ton neutre :

« — Et David Oakley ?

« — Qui, cela ?

« — David Oakley. L'enquêteur privé qui a photographié l'argent dans l'appartement de Hughes. Qui a suggéré cette démarche ? »

Pas de réponse.

Cette fois, le ton de Ferth devient insistant :

« — Norman, il me faut absolument des explications. Ne voyez-vous pas que ce silence ne nous mènera nulle part ? Il faut absolument fournir quelques explications si nous voulons mettre fin aux rumeurs que Hughes a répandues. »

La voix de Gowery indique qu'il est maintenant sur la défensive.

« — Les preuves contre Cranfield et Hughes ont été produites. Peu importe qui les a recueillies !

« — Si, cela importe, car Hughes prétend que la plupart étaient fausses.

« — Non, répond Gowery avec flamme. Rien n'était faux !

« — Norman, demande alors Ferth, le croyez-vous vraiment... ou voulez-vous le croire ?

« — Oh !... »

L'exclamation de Gowery exprime plus d'angoisse que d'indignation. Je dévisage Ferth. Son regard ne me lâche pas. J'entends sa voix au magnétophone ; elle poursuit, encore plus lisse et plus persuasive :

« — Norman, aviez-vous une raison de vouloir faire suspendre Cranfield et Hughes ?

« — Non. »

C'est presque un cri, et sans aucun doute un mensonge.

« — Aucune raison d'aller jusqu'à fabriquer des preuves contre eux, s'il n'y en avait pas ?

« — Wykeham ! »

Il est outré.

« — Comment pouvez-vous dire une chose pareille ? Ce que vous insinuez... est tellement indigne... »

Ferth appuie sur le bouton d'arrêt.

— Eh bien ? lance-t-il d'un air de défi.

— Ça, c'était sincère ! dis-je. Il ne les a pas fabriquées lui-même, ces preuves. Je ne l'ai jamais cru non plus. Je voulais seulement savoir d'où il les tenait.

Ferth hoche la tête. Il remet l'appareil en marche et j'entends sa voix :

« — Mon cher Norman, vous prêtez le flanc à de telles insinuations en vous obstinant à ne pas dire comment vous avez obtenu toutes ces preuves... Vous ne le comprenez pas ? Si vous refusez d'expliquer comment vous avez été mis en possession de ces preuves, il ne faut pas vous étonner si on en conclut que vous vous les êtes procurées vous-même !

« — Les preuves étaient authentiques ! » affirme Gowery.

Une fuite en avant.

« — Vous aimeriez vous en convaincre.

« — Non ! Les preuves étaient réelles !

« — D'où les tenez-vous ? »

A présent, Gowery est acculé, le dos au mur. Je me rends compte, à la crispation qui altère les traits de Ferth, que ce moment a dû être bien triste, et même embarrassant pour lui.

« — On me les a envoyées », dit Gowery qui s'exprime avec difficulté. « Par la poste. Dans une grande enveloppe... Elle contenait... différentes déclarations... et six épreuves de la photo prise dans l'appartement de Hughes.

« — Et qui était l'expéditeur ? »

Gowery répond d'une voix à peine perceptible :

« — Je ne sais pas.

« — Vous ne savez pas ? »

La voix de Ferth exprime sa stupéfaction incrédule.

« — Vous avez fait suspendre deux hommes sur la foi de ces documents, et vous ne savez même pas d'où ils viennent ? »

Suit un pitoyable silence qui est un aveu.

« — Vous vous êtes contenté d'accepter ces prétendues preuves sans les examiner ?

« — Elles étaient toutes authentiques ! »

Il s'y accroche.

« — Avez-vous encore ces documents ?

« — Oui.

« — J'aimerais les voir. »

La voix de Ferth a pris un timbre métallique.

Gowery n'a pas protesté. Suivent des bruits de pas, d'un tiroir qu'on ouvre et referme, d'un froissement de papier.

« — En effet », dit lentement Ferth. « Ces documents ont l'air très convaincants.

« — Vous comprenez alors pourquoi j'ai agi en conséquence », fait Gowery avec empressement, et un soulagement un peu trop manifeste.

« — Je peux comprendre pourquoi vous auriez agi ainsi... après les avoir soigneusement vérifiés.

« — J'ai vérifié.

« — Dans quelle mesure ?

« — Eh bien... je les ai reçus quatre jours seulement avant l'enquête. Le jeudi précédent. J'ai chargé le secrétariat d'envoyer immédiatement des convocations urgentes à Newtonnards, Oakley et West. Ils étaient invités à confirmer par dépêche qu'ils viendraient et ils l'ont tous fait. Newtonnards a été prié d'apporter ses comptes pour la Lemonfizz Cup. De plus, j'ai évidemment demandé à un appointé de se renseigner auprès des employés du totalisateur, pour savoir si quelqu'un avait misé une somme substantielle sur Cherry Pie, et il a recueilli les dépositions sous serment... celles que nous avons produites à l'enquête. Il ne faisait absolument aucun doute que Cranfield avait joué Cherry Pie. Il a menti là-dessus à l'enquête ! J'ai jugé que c'était probant. Il était coupable sur toute la ligne, et je n'avais aucune raison de ne pas le suspendre ! »

Ferth arrête le magnétophone :

— Qu'est-ce que vous dites de ça ?

Je hausse les épaules :

— Cranfield a effectivement joué Cherry Pie. Il a été stupide de le nier, mais telles qu'il voyait les choses, en l'avouant, il courait à sa propre perte. Il m'a dit qu'il avait joué Cherry Pie — par l'intermédiaire de cet ami non identifié — chez Newtonnards et sur le totalisateur, et non chez son bookmaker habituel, parce qu'il ne voulait pas que Kessel le sache ; Kessel et son bookmaker sont très potes et se passent des tuyaux. En fait, s'il a misé cent livres sur Cherry Pie, c'est qu'il pensait que ce cheval pourrait bien manifester subitement une forme qui étonnerait tout le monde. Il a également misé deux cents livres sur Squelch parce que, selon toute logique, c'était lui qui devait gagner. Où est la malhonnêteté, dans cette histoire ?

Ferth me dévisage.

— Vous n'étiez pas au courant de ses paris sur Cherry Pie au moment de l'enquête ?

— Je l'ai asticoté à ce propos plus tard. Il m'était venu à l'esprit que malgré son acharnement à le nier, ça devait être vrai. Newtonnards aurait pu mentir, ou modifier ses registres, mais personne ne peut contester les tickets de contrôle du totalisateur !

— C'est une des choses qui m'ont convaincu, moi aussi, admet Ferth.

Il remet le magnétophone en marche. C'est lui qui parle, et sa voix a pris un ton inquisiteur. Leur entretien se métamorphose soudain en une enquête.

« — Cette photo... ça ne vous a pas du tout paru bizarre ?

« — Pourquoi ça ? » demande sèchement Gowery.

« — Vous ne vous êtes pas demandé comment on avait pu la prendre ?

« — Non.

« — Hughes affirme qu'Oakley a apporté l'argent et le message et s'est contenté de les photographier dans son appartement.

« — Non.

« — Pourquoi en êtes-vous si sûr ? » insiste Ferth.

« — Non ! » répète Gowery.

Sa voix monte ; elle révèle ce genre de tension qui précède l'explosion.

« — Qui a envoyé Oakley à l'appartement de Hughes ?

« — Je vous ai déjà dit que je ne le savais pas.

« — Mais vous êtes sûr qu'il s'agit d'une photo authentique ?

« — Oui, elle l'est.

« — Sans l'ombre d'un doute ? » insiste Ferth.

« — Oui ! »

La voix aiguë trahit une angoisse, un affolement croissants.

C'est à cet instant que Ferth lâche un seul mot, avec intensité, comme s'il lançait une bombe :

« — Pourquoi ? »

XII

Le ruban se déroule en silence pendant près d'une longue minute. Lorsque Gowery répond enfin, c'est d'une voix tout à fait différente. Basse, brisée, désespérée.

« — Il fallait... que ce soit vrai ! J'ai d'abord dit... Il m'était impossible de les suspendre s'ils n'étaient pas coupables... Et puis, j'ai reçu les documents... et ç'a été un tel soulagement... ils étaient vraiment coupables... je pouvais les suspendre... Et tout rentrait dans l'ordre. »

J'en reste bouche bée. Ferth ne me lâche pas du regard ; je vois ses yeux s'étrécir tandis qu'il écoute ce pitoyable déballage.

Une fois lancé, Gowery poursuit, poussé par le besoin de soulager sa conscience.

« — Si je vous raconte tout... depuis le commencement... peut-être comprendrez-vous. Ça a commencé le lendemain du jour où j'ai été désigné pour remplacer le commissaire de discipline à l'enquête Cranfield-Hughes. Quelle dérision, quand j'y pense à présent, mais j'étais très satisfait de m'occuper de cette affaire... Et puis... et puis... »

Il s'interrompt pour tenter péniblement de maîtriser sa voix.

« — Puis j'ai reçu un coup de téléphone. »

Une pause encore.

« — Ce type me disait... me disait... qu'il fallait suspendre Cranfield. »

Il s'éclaircit la gorge.

« — Je lui ai répondu que je n'en ferais rien, à moins que Cranfield ne soit coupable. Alors, il a dit... alors, il a dit... qu'il savait des choses à mon sujet... et qu'il les raconterait à tout le monde... si je ne suspendais pas Cranfield. Je lui ai répondu qu'il m'était impossible de le suspendre s'il n'était pas coupable... Et, voyez-vous, je ne croyais pas qu'il fût coupable. En fait, les performances des chevaux de courses sont tellement imprévisibles. J'ai moi-même assisté à la Lemonfizz, et bien qu'il fût évident que, après cette manifestation en public, les commissaires entendraient Cranfield et Hughes, j'ai été surpris qu'ils renvoient cette affaire devant la commission de discipline... J'ai pensé qu'il devait y avoir des circonstances que je ne connaissais pas... et puis on m'avait chargé de présider l'enquête... et je n'avais pas de parti pris... J'ai répondu à l'homme du téléphone qu'aucune menace ne m'empêcherait de statuer d'une manière équitable sur le cas de Cranfield. »

Quand il se rappelle cette première attitude de résistance, sa voix semble se raffermir un peu. Mais ça ne dure pas.

« — Il m'a dit... que, dans ce cas... une fois l'enquête close... si Cranfield était déclaré non coupable... ma vie ne vaudrait plus la peine d'être vécue... Je serais obligé de démissionner du Jockey Club... et tout le monde le saurait... Alors, je lui ai répété que je ne ferais pas suspendre Cranfield, à moins d'être convaincu de sa culpabilité, et que je ne céderais pas au chantage. Et je lui ai raccroché au nez. »

« — Et ensuite », dit Ferth, « l'inquiétude est venue ?

« — Oui. »

C'est presque un chuchotement.

« — Qu'a-t-il menacé de rendre public exactement ?

« — Je ne peux pas... ne peux pas vous le dire. Rien de criminel... rien qui concerne la police... mais...

« — Mais suffisant pour vous démolir socialement ?

« — Oui... j'en ai peur... oui, complètement !

« — Mais vous avez tenu bon ?

« — J'étais désespérément inquiet... je ne pouvais pas... Comment pouvais-je... priver Cranfield de son gagne-pain, uniquement pour me sauver moi-même ?... C'eût été déshonorant... Et je ne pourrais pas continuer à vivre avec ça sur la conscience... et... de toute façon... je ne pouvais pas tout bonnement le suspendre, comme ça, s'il n'y avait aucune preuve de sa culpabilité... Je me suis tracassé... j'en ai perdu le sommeil... et l'appétit...

« — Pourquoi n'avez-vous pas demandé à être relevé de la présidence de l'enquête ?

« — Parce qu'il m'avait prévenu... que si je me retirais... ce serait la même chose que si j'avais déclaré Cranfield innocent... Je ne pouvais que me maintenir, pour le cas où une preuve surgirait.

« — Ce qui est arrivé », fait sèchement Ferth. « Fort commodément.

« — Oh !... »

L'angoisse revient.

« — Je ne me suis pas rendu compte... que c'était le maître chanteur qui m'avait envoyé les documents. Je ne me suis guère demandé qui les avait expédiés. Tout ce qui comptait... était mon soulagement... d'un poids absolument insupportable... écrasant... si bien que je ne me suis pas posé de questions... J'y ai tout simplement cru... j'y croyais vraiment... absolument... et j'étais si soulagé... si soulagé. »

Quatre jours avant l'enquête, il a donc reçu ces documents. Il a dû se faire de la bile pendant une semaine entière, à envisager le lugubre désastre. Un montagnard perdu et mourant ne demande pas le pedigree du saint-bernard qui arrive à son secours.

« — A quel moment avez-vous conçu des doutes ? » demande Ferth posément.

« — Seulement plus tard. Au bout de plusieurs jours. A cause de Hughes... pendant le bal. Vous m'avez dit qu'il maintenait que c'était un coup monté, et qu'il avait l'intention d'en découvrir l'auteur... Et puis il m'a demandé, directement à moi, qui avait envoyé Oakley à son appartement... et ça... ç'a été terrible, absolument terrible... Je me suis rendu compte... de ce que j'avais fait ! En mon for intérieur, je le savais bien... mais je n'ai pas pu me l'avouer à moi-même... Je ne voulais pas y penser... il fallait qu'ils soient coupables... »

Un long silence encore. Puis Gowery :

« — Vous veillerez à ce qu'ils... à ce que leurs licences leur soient rendues ?

« — Oui », répond Ferth.

« — Je vais démissionner... » fait Gowery d'une voix affligée.

« — De la commission de discipline, d'accord », dit tranquillement Ferth. « Quant au reste... nous verrons. »

« — Pensez-vous qu'il... que le maître chanteur... informera tout le monde... quand on aura rendu sa licence à Cranfield ?

« — Il n'y gagnerait rien.

« — Non, mais...

« — Il existe des lois qui protègent du chantage.

« — Elles ne serviraient à rien.

« — Mais comment vous tient-il, au fait ?

« — Je... je... oh, mon Dieu ! »

L'enregistrement s'arrête brusquement, sur des paroles à moitié étouffées qui semblent devoir s'achever en sanglots.

— J'ai débranché l'appareil. Il s'effondrait. On ne peut pas enregistrer des choses pareilles.

— Non.

— Il m'a révélé pourquoi on le faisait chanter. Je crois que je suis disposé à vous le révéler, quoiqu'il m'en voudrait terriblement s'il l'apprenait. Mais à vous seul.

— A moi seul. Je ne le répéterai pas.

— Il m'a dit...

Il fronce le nez de dégoût.

— Il m'a raconté qu'il a... qu'il souffre... d'appétits sexuels inavouables. Ce n'est pas un homosexuel. Ça aurait peut-être mieux valu... De nos jours, il ne serait guère déconsidéré pour ça. Mais il ne s'agit pas de ça. Non, il m'a confié qu'il fait partie d'une espèce de club où les gens comme lui peuvent satisfaire leur... fantaisie sans trop risquer de se porter préjudice, car s'ils le fréquentent tous, c'est que — sous des formes variées — ils aiment la même chose et obéissent au même penchant.

Il se tait. Il a l'air embarrassé.

— Qui consiste en quoi ? dis-je d'un ton anodin.

Il me répond en ayant l'air de dresser un rempart d'air pur épais d'un bon mètre entre lui et le reste du monde.

— Flagellation.

— Ce vieux truc !

— Quoi !

— Le mal anglais. Les enfers de Fanny Hill ! Des relations sexuelles assaisonnées de souffrances physiques volontaires, comme les nonnes avec leurs petites disciplines, et les citoyens respectables qui payent une livre le coup de fouet pour se faire fustiger.

— Kelly !

— Vous avez certainement vu leurs timides petites annonces, non ? « Correction à la demande. » C'est tout simplement ça. C'est plus répandu que la plupart des gens ne se l'imaginent. A commencer par les maris qui administrent régulièrement une fessée à leur épouse, avant de coucher avec, jusqu'aux réunions mondaines où ils sont tous en travestis de cuir et s'offrent une vieille orgie dans les règles. A vrai dire, je ne saisis pas bien pourquoi on fixerait sa libido sur du cuir ou du caoutchouc, ou des cheveux, ou sur n'importe quoi. Pourquoi pas du charbon, par exemple... ou sur de la soie ? N'empêche qu'ils le font, apparemment.

— Dans le cas présent... c'est du cuir.

— Bottes, fouets et seins nus ?

Ferth hoche la tête ; il semble refuser de croire ses oreilles.

— Vous prenez ça avec un tel calme.

— Vivre et laisser vivre. Si c'est par ça qu'ils se sentent attirés... pourquoi les empêcher ? Comme il l'a dit : ils ne portent préjudice à personne s'ils appartiennent à un club où tout le monde se ressemble.

— Mais un commissaire ! proteste-t-il. Un membre de la commission de discipline !

— Ça donne à réfléchir, évidemment.

Il a l'air horrifié.

— Mais ses fonctions de juge hippique, ça n'a aucun rapport avec le sexe.

— Bien sûr que non. Les courses, ça n'a rien de sexuel.

— Mais c'est évident que... qu'il serait fini dans le monde des courses si la chose se savait. Même moi... je ne peux pas penser à lui, maintenant, sans me rappeler cette... cette dépravation... Ça serait la même chose pour tout le monde. On ne peut plus éprouver de respect, ni de sympathie pour lui.

— Difficilement.

— C'est... horrible !

Sa voix exprime avec ampleur la réaction d'un être normal devant la perversion. Dans les milieux hippiques, la plupart des hommes sont normaux, sains de corps et d'esprit. Un dépravé en serait vite rejeté. Ferth s'en rend compte. Gowery le sait. De même qu'une tierce personne.

Je pose une question :

— Ils ne portent pas de masques, dans ce club ?

Ferth a l'air surpris.

— Mais si, ils en portent. Je lui ai demandé qui pourrait être au courant, à son sujet... pour organiser un chantage... et il m'a répondu qu'il ne le savait pas, qu'ils portaient tous des masques. Des cagoules, en vérité, c'est le mot qu'il a employé. Des cagoules et... des tabliers...

Il en est écœuré.

— En cuir ?

Il acquiesce d'un signe de tête :

— Oui. Comment peut-on se conduire ainsi ?

— Ils font moins de mal que ceux qui violent les petits enfants.

— Je suis heureux de ne pas... fait-il avec ardeur.

— Moi aussi, dis-je. Mais ce n'est qu'une question de chance. (Gowery n'a pas eu de chance, et de plus d'une manière !) Quelqu'un a pu le voir entrer dans ce club, ou en sortir ?

— C'est ce qu'il croit. Mais il affirme qu'il ne connaît le vrai nom d'aucun des autres membres. Ils se désignent tous par des pseudonymes, apparemment.

— Le club doit avoir un secrétaire... qui doit posséder, lui, une liste des membres ?

Ferth secoue la tête.

— Je le lui ai demandé aussi. Il affirme qu'il n'a jamais donné son propre nom à quiconque, au club. Personne ne l'exige. Il n'y a pas de cotisations annuelles, il paie dix livres comptant chaque fois qu'il s'y rend. Il y va, en moyenne, à peu près une fois par mois.

— Combien de membres, à part lui ?

— Il n'a pas pu me dire le nombre exact. Selon lui, ils n'y sont jamais moins de dix, et quelquefois trente ou trente-cinq. Plus d'hommes que de femmes, généralement. Le club n'est pas ouvert tous les jours. Seulement les lundis et jeudis.

— Où est-ce ?

— A Londres. Il n'a pas voulu me donner l'adresse.

— Il a envie... il a besoin... de continuer.

— Vous ne vous imaginez tout de même pas ça ?

— Dans quelque temps, si.

— Oh non...

— Qui lui a indiqué ce club, le savez-vous ?

— Il affirme que le chantage ne peut venir de la personne qui lui a fait connaître ce club. C'était une prostituée... il ne lui a jamais dit son vrai nom.

— Mais elle a compris ce qu'il voulait.

Il soupire :

— Tout porte à le croire.

— Certaines de ces filles se font plus d'argent à fouetter des hommes qu'à coucher avec.

— Comment diable pouvez-vous le savoir ?

— J'ai logé autrefois dans une chambre voisine de celle d'une de ces filles. C'est elle qui me l'a dit.

— Grands dieux !

Il a l'air d'avoir retourné une pierre et découvert dessous un fourmillement de cloportes. De toute évidence, il n'a pas la moindre notion de l'existence des cloportes. Il ne sait pas ce qu'il perd.

— Bref, fait-il lentement, vous comprenez pourquoi il a accepté ces documents tels quels ?

— Et pourquoi il a choisi lord Plimborne et Andy Tring.

Lord Ferth hoche la tête.

— A la fin, quand il s'est un peu remis, il a compris qu'il les avait choisis à cause des raisons que vous avez indiquées, mais sur le moment, il avait cru agir sous le coup d'une impulsion. Et maintenant, comme il fallait s'y attendre, c'est un homme excessivement tourmenté et secoué.

— C'est lui le responsable de cette missive ?

Je lui tends la lettre que Tony a reçue du secrétariat des commissaires. Il se lève, s'approche de moi pour la prendre, puis lit le bref message avec indignation.

— Je n'en sais rien ! explose-t-il. Je ne sais vraiment pas ! Quand cette lettre est-elle arrivée ?

— Mardi. Timbrée au départ de lundi midi.

— Avant que j'aille le voir... Il ne m'en a pas parlé.

— Pourriez-vous savoir si c'est son œuvre ?

— Voulez-vous dire... qu'il vous serait encore plus impossible de lui pardonner ?

— Non. Rien de tel. Je me demande seulement si ce n'est pas notre petit maître chanteur qui a encore fait des siennes. Remarquez cette formule : « Il nous a été signalé... » Ce que j'aimerais savoir, c'est qui l'a signalé.

— Je le saurai, répond-il d'une voix décidée. Ça ne devrait pas être difficile. Et naturellement, ne tenez aucun compte de cette lettre. Il n'est plus du tout question de vous obliger à déménager.

— Comment allez-vous vous y prendre ? Pour nous restituer nos licences ? Comment allez-vous expliquer ça ?

Il hausse les sourcils.

— Nous ne sommes jamais tenus de donner la raison de nos décisions.

J'étouffe un rire qui monte dans ma gorge. Le système a ses avantages.

Lord Ferth reprend place dans le fauteuil et glisse la lettre dans sa serviette. Puis il referme le magnétophone et l'y range également. Après quoi, et de l'air de choisir délicatement ses termes :

— Un scandale de ce genre ferait un tort considérable au sport hippique.

— Vous me demandez donc de reprendre ma licence et de la boucler ?

— Heu... oui.

— Et de ne pas pourchasser le maître chanteur, des fois qu'il vende la mèche ?

— Exactement.

Ma compréhension le soulage.

— Non, dis-je.

— Pourquoi ?

Sa voix se fait pressante.

— Parce qu'il a essayé de m'assassiner.

— QUOI ?

Je lui présente le morceau du collecteur d'échappement et lui explique :

— Quelqu'un qui a assisté au bal. Ce qui signifie que notre maître chanteur est à découvrir parmi environ six cents personnes. Partant de là, ça ne devrait pas être trop difficile. On peut plus ou moins éliminer les femmes, très peu d'entre elles se mettraient à percer un trou dans de la fonte en robe du soir. Ça attirerait beaucoup trop l'attention, si jamais quelqu'un les apercevait. Ce qui nous laisse trois cents hommes.

— Quelqu'un qui connaissait votre voiture, dit-il. Ce qui devrait à coup sûr limiter considérablement les recherches.

— Pas forcément. N'importe qui a pu me voir en descendre quand je me rendais aux courses. C'était une voiture qui accrochait les regards, j'en ai bien peur. Mais je suis arrivé tard, au bal. Je l'ai garée tout au fond.

— Avez-vous...

Il s'éclaircit la gorge.

— Est-ce que la police s'intéresse à cette affaire ?

— Enquête-t-elle sur une tentative d'assassinat, c'est ce que vous voulez dire ? Non, ce n'est pas le cas. Si vous me demandez si j'ai l'intention de déclencher une enquête de police, je n'ai pas encore pris de décision.

— Une fois la police branchée sur une affaire, on ne peut plus la lui ôter.

— Et, d'un autre côté, si je ne la mets pas dans le coup, le maître chanteur pourrait bien effectuer une nouvelle tentative, et cette fois avec un tantinet de chance en plus. Ce qui suffirait largement pour qu'il réussisse.

— Hum...

Il médite là-dessus.

— Mais si vous faisiez clairement comprendre à tout le monde que vous renoncez à découvrir qui a monté ce coup contre vous... il ne tenterait peut-être plus rien.

Je lui demande lentement :

— Pensez-vous que le mieux, pour le sport hippique, c'est de laisser ce maître chanteur, cet assassin continuer à se balader en liberté ?

— Ça vaut mieux qu'un scandale public.

La voix diplomatique de l'ordre établi.

— Et si son attitude n'est pas conforme à votre raisonnement... et qu'il me supprime pour de bon... qu'est-ce que vous diriez de ça, comme scandale ?

Il ne répond pas et se contente de me dévisager de son regard intense.

— Ça va, dis-je. Pas de police.

— Je vous remercie.

— Remerciez-nous. Nous allons être obligés de tout faire nous-mêmes. Le trouver et faire justice.

— Qu'est-ce que vous voulez dire ?

— Je vais le retrouver, moi. Vous, vous statuerez sur son cas.

— A votre satisfaction, je suppose, fait-il avec ironie.

— Parfaitement.

— Et lord Gowery ?

— Il est à vous. Sans restriction. Je ne dirai absolument rien à Dexter Cranfield.

— Très bien.

Il se lève, tandis que je réussis à descendre du lit pour reprendre mes béquilles.

— Une chose encore, dis-je. Pouvez-vous vous arranger pour m'obtenir les documents que lord Gowery avait reçus ?

— Je les ai sur moi.

Sans hésitation, il tire de sa serviette une grande enveloppe en papier bulle et la pose sur le lit.

— Vous comprendrez le soulagement qu'il a éprouvé quand ça lui est tombé du ciel.

Il traverse le living-room, s'arrête au bahut pour enfiler son pardessus.

— Cranfield peut-il dire à ses propriétaires de lui ramener leurs chevaux ? je lui demande. Vous comprenez, le plus tôt sera le mieux, s'ils doivent être de retour pour la réunion de Cheltenham...

— Laissez-moi jusqu'à demain matin. Je dois d'abord avertir plusieurs autres personnes.

— D'accord !

Il me tend la main. Je transfère la béquille de ma main droite à ma gauche pour serrer la sienne.

— Peut-être qu'un de ces jours, reprend-il, quand tout ça sera fini... vous voudrez bien dîner avec moi ?

— J'y prendrai grand plaisir.

— Bien.

Il prend son chapeau melon et sa serviette, jette à la ronde un dernier regard approbateur, puis me salue d'une inclination de tête, comme pour affirmer une conviction bien arrêtée, et sort sans ajouter un mot.

Je donne un coup de fil à l'orthopédiste qui me rafistole régulièrement chaque fois que j'ai fait une chute :

— Je veux qu'on m'enlève ce plâtre.

Il se lance dans une longue tirade dont la substance est qu'il ne faut pas y compter avant deux ou trois semaines.

— Lundi, j'insiste.

— Je renonce à vous soigner.

— Je m'y attaque moi-même mardi. A coups de burin.

Je mets toujours des pyjamas veste-et-short pour dormir, ce qui est plutôt indiqué dans la situation actuelle. Ce jour-là, à l'heure du coucher, j'enfile maladroitement un machin à carreaux vert clair et blanc que j'ai acheté l'année dernière, à Liverpool, dans un moment de désœuvrement, l'esprit plus préoccupé du Grand National qui allait se courir que de l'effet que ferait cette symphonie avec mon teint jaunâtre, à six heures du matin, par un jour d'hiver.

D'un air mélancolique, Tony m'a apporté une portion de ragoût de bœuf, mais quand je lui ai appris que je n'étais plus obligé de déménager, il est resté pour célébrer l'événement. En conséquence, il ne me reste plus de whisky.

Quand il repart, je me couche et me mets à lire les dépositions qui m'ont démoli. Elles sont effectivement convaincantes. Soigneusement dactylographiées, ce sont des déclarations clairement exposées, rédigées de manière à inspirer confiance. Même en les étudiant plusieurs fois, rien n'indique qu'elles sont dues à la malveillance. Sèches. Pondérées. Et combien préjudiciables.

« Charles Richard West se déclare prêt à affirmer que durant la course, notamment pendant le deuxième parcours, en un point situé à six cents mètres du poteau d'arrivée, il a entendu Hughes dire qu'il allait retenir son cheval, de façon qu'il ne puisse plus gagner. Les paroles exactes de Hughes ont été : "Parfait, les gars, on met les freins." »

Les quatre autres dépositions sont tout aussi brèves et tout aussi claires. L'une signale que, par l'intermédiaire d'un tiers, Dexter Cranfield a fait prendre à Newtonnards un pari sur Cherry Pie. La deuxième observe qu'une enquête sur les précédentes performances des chevaux révélerait qu'en diverses autres occasions, le second champion de Cranfield avait battu son premier. La troisième propose d'observer, afin de les comparer, les manières contradictoires dont Hughes a monté dans la Lemonfizz et dans la dernière course de la réunion de Reading... Et voilà, noir sur blanc, « la dernière épreuve à Reading » ! Gowery n'a pas vérifié cette affirmation : il s'est simplement procuré le film de la dernière épreuve courue à Reading. S'il l'avait projeté devant Plimborne et Tring en particulier, et sans ma présence, personne ne se serait peut-être jamais rendu compte qu'il s'agissait d'une autre course. Cette pièce justificative, intentionnellement trompeuse, a manqué son but, mais d'extrême justesse. Et les autres dépositions ont fait mouche, elles ! La quatrième déclare catégoriquement — « preuve photographique ci-jointe » — que Cranfield a soudoyé Hughes pour qu'il s'efforce de ne pas gagner.

Il y a également, en annexe, une brève note explicative.

« Ces quelques faits ont attiré mon attention. Ils devront, de toute évidence, être soumis aux autorités compétentes, c'est pourquoi je vous les fais parvenir à vous, monsieur, puisque vous devez assumer les fonctions de commissaire présidant la prochaine enquête. »

Les signes dactylographiques n'ont rien de particulier, et le papier est de qualité moyenne. Le trombone qui retient les feuilles est vendu par centaines de millions d'exemplaires, et l'enveloppe jaune clair dans laquelle le tout a été envoyé vaut quelques sous dans n'importe quelle papeterie du pays.

Il n'y a que deux épreuves de la photo. Elles ne portent aucune indication au dos.

Je remets le tout dans l'enveloppe et la glisse dans le tiroir de la table, à côté de mon lit. J'éteins la lumière et pense, avec un sentiment croissant de soulagement et d'excitation, aux courses que je vais me remettre à courir. Je me demande aussi comment ce pauvre vieux Gowery se tire des quinze rounds qu'il doit être en train de disputer avec sa conscience. Je songe à Archie et à son hypothèque... à Kessel contraint d'admettre qu'il a eu tort... à Roberta descendant — c'est le mot — de ses grands chevaux... au maître chanteur qui se ronge les ongles d'appréhension... Quels beaux rêves... Puis, pour la première fois depuis l'enquête, je m'endors d'un sommeil tranquille.

Un bruit insolite me réveille en sursaut.

Le mince rayon d'une lampe de poche balaie l'intérieur d'un des tiroirs, en haut de la commode. Une silhouette sombre en dissimule à moitié le faisceau au moment où un bras plonge dans le tiroir pour l'explorer. Avec précaution, et sans bruit, à présent.

Je reste étendu à épier ; mon regard filtre par de minces fentes ; je me demande à quelle distance je suis cette fois des portes de l'autre monde. Mon pouls se met à tambouriner, envahit mes tympans, tandis que la peur travaille mes surrénales et que, sous le plâtre, les poils de ma jambe s'épuisent en vains efforts pour se hérisser.

M'efforçant de ne pas altérer ma respiration et de ne pas faire crisser mes draps, je glisse précautionneusement un bras en dehors du lit pour attraper l'une des béquilles posées par terre, à côté du lit. N'importe quelle arme vaut mieux que rien.

Pas de béquilles.

Je tâtonne encore, sachant exactement où je les ai posées, mais mes doigts ne rencontrent que la moquette.

Le faisceau de la lampe de poche sort du tiroir et décrit un petit arc tandis que le tiroir du dessous s'ouvre et produit, en glissant, le même petit craquement sec qui m'a réveillé tout à l'heure. Le rayon de lumière éclaire une fraction de seconde, au passage, mes deux béquilles calées contre le mur, à côté de la porte.

Je ramène très lentement mon bras dans le lit et ne bouge pas. S'il était venu uniquement pour me tuer, il l'aurait déjà fait ; mais quelles que soient ses intentions, j'ai peu de chance de m'y opposer avec succès.

J'ai l'impression que mon plâtre pèse une tonne et me rend tout mouvement impossible.

Ma peau, sur toute la surface de mon corps, me semble moite ; j'ai la chair de poule et je sens des fourmillements partout. Ma bouche est sèche. Ma tête me fait l'effet de gonfler comme un ballon. Je reste étendu, en me contraignant à refouler ces sensations physiologiques, à les repousser à force de volonté.

Sans résultat notable.

Il en a terminé avec les tiroirs. Effleurant le fauteuil kaki, le faisceau de la lampe de poche se fixe sur le bahut de chêne ciré, contre le mur. J'ai manqué pousser un cri pour l'avertir de ne pas y toucher : ça me réveillerait. Le couvercle grince toujours affreusement. Et réellement, je n'ai aucune envie qu'il me réveille, ce serait trop dangereux.

Le couvercle émet un grincement aigu. Du coup, la silhouette s'immobilise, le couvercle reste relevé d'une dizaine de centimètres ; puis elle le rabaisse pour le refermer. Ce qui produit un grincement encore plus bruyant.

La silhouette reste plantée là, elle soupèse la situation. Puis j'entends un bruit de pas rapides, amortis par la moquette, et une main agrippe mes cheveux, tire brutalement ma tête en arrière. Une autre main braque le faisceau de la lampe de poche en plein dans mes yeux.

— Ça va, mon pote. Vous êtes réveillé. Alors, autant répondre à quelques questions.

Je reconnais la voix. Je ferme les yeux pour leur épargner l'éblouissement du faisceau lumineux, et je réponds de la voix la plus blasée, la plus désinvolte qu'il m'est possible dans les circonstances présentes.

— Monsieur Oakley, si je ne me trompe ?

— Très judicieux, monsieur Hughes.

Il lâche mes cheveux pour arracher couvertures et drap, d'un seul coup. Le faisceau de lumière achève son orbite. Puis je le sens qui m'attrape par le cou et qui empoigne le devant de ma veste de pyjama pour m'arracher du lit et me jeter par terre où j'atterris avec fracas.

— Ce n'est qu'un commencement, dit-il.

XIII

Il faut le reconnaître, c'est un rapide. Et il est fort, sans scrupules et habitué à ce genre d'exercice.

— Où l'avez-vous caché ?

— Caché quoi ?

— Le morceau de métal percé d'un trou.

— Je ne sais pas de quoi vous parlez.

Il lance son bras et me frappe avec un objet dur et qui semble noueux. Quand l'objet passe dans le petit rayon de lumière, je vois de quoi il s'agit : une de mes béquilles. Charmant.

J'essaie de démêler mes jambes et de me retourner pour me redresser. Il braque le mince faisceau sur moi pour m'observer. Comme je me relève, il me réexpédie au tapis.

— Où l'avez-vous mis ?

— Je vous ai dit...

— Mon pote, on sait tous les deux que vous l'avez, ce bout de métal. Je le veux. J'ai un client. Et vous allez me le refiler comme un bon petit jockey suspendu que vous êtes.

— Allez vous faire voir.

Je roule rapidement sur le flanc et réussis presque à éviter le coup suivant qui s'abat sur le plâtre. Quelques éclats se détachent. Toujours ça de fait pour mardi.

— Vous n'avez pas une chance, fait-il. Rendez-vous à l'évidence.

L'évidence, c'est que si je crie au secours, il n'y aura que les chevaux pour m'entendre.

Dommage.

Je me demande si je ne ferais pas mieux de lui donner ce bout de ferraille percé d'un trou. Erreur : percé d'un demi-trou. Il ne sait pas, lui, qu'il n'y a que la moitié d'un trou. Je me demande si je ne devrais pas le lui apprendre. Il deviendrait peut-être moitié moins brutal.

— Qui est-ce qui le veut ? fais-je.

— Vous voulez rire !

Il me balance un coup de béquille.

Réussi.

Je pousse un juron.

— Epargnez-vous la suite, mon pote. Faites pas l'idiot.

— Qu'est-ce que c'est que ce morceau de métal ?

— Donnez-le-moi, c'est tout ce qu'on vous demande !

— J'ignore ce que vous cherchez.

— Un morceau de métal avec un trou dedans, je vous dis.

— Quel morceau de métal ?

— Ecoutez, mon pote. Qu'est-ce que ça peut vous faire, ce que c'est ? C'est celui que vous avez.

— Je ne l'ai pas.

— Arrêtez de jouer au plus fin.

Il balance la béquille. Je pousse un grognement.

— Passez-le-moi.

— Mais je n'en... ai pas... de morceau de métal !

— Ecoutez, mon pote, mes instructions sont claires comme de l'eau de roche : vous avez un morceau de métal et je suis venu le chercher. Compris ? C'est simple. Cessez ce petit jeu, bougre de crétin.

— Pourquoi vous paie-t-il ?

— Vous m'offrez plus, encore une fois ?

— Ça vaut toujours le coup d'essayer.

— Vous me l'avez déjà dit. Seulement, rien à chiquer.

— Dommage.

— Où est ce morceau...

Je ne réponds pas. J'entends la béquille fendre l'air et roule sur le flanc au bon moment. Elle cogne dans la moquette, à peu près à l'endroit où se trouvait mon nez l'instant d'avant.

Le petit faisceau de la lampe de poche me retrouve. Cette fois, il ne rate pas son coup, mais ce n'est que mon bras qui trinque, et pas la tête.

— Vous n'avez pas cherché à savoir de quoi il s'agissait ? je lui demande.

— Occupez-vous de vos oignons. Vous n'avez qu'à me dire... (coup de béquille)... où (encore un coup de béquille !)... il est !

J'en ai assez. Plus qu'assez, à vrai dire. Et j'ai probablement découvert tout ce que je pouvais pour l'instant. Excepté que j'ignore jusqu'où il est prêt à pousser le traitement, mais j'aime autant ne pas le savoir !

J'ai fait mon possible, entre-temps, pour rouler du côté de la porte. Je m'en suis suffisamment rapproché. Je tends un bras en arrière, par-dessus ma tête, et je sens mes doigts se refermer sur le bout de l'autre béquille, restée calée contre le mur.

Je la tiens par le bout caoutchouté et, d'un seul mouvement de faucheur, je balaie l'air autour de moi, à hauteur de genou.

Je le descends d'un coup direct et inattendu, derrière les jambes, il bascule et s'écroule à moitié sur moi. Je tends les mains et attrape quelque chose, un pan de son pardessus auquel je m'agrippe et que je tiraille de toutes mes forces, en m'efforçant de balancer ma jambe plâtrée à travers son corps pour le maintenir par terre.

Il n'est pas d'accord, et nous nous démenons tous les deux des pieds et des mains, lui pour tenter de se remettre debout, moi pour l'en empêcher, chacun de nous griffant, cognant, étrillant l'autre dans un style qui viole toutes les règles sportives. La lampe de poche a échoué à l'autre bout de la chambre et n'éclaire plus qu'un mur. Pas assez pour servir à grand-chose. Trop pour que je puisse éviter entièrement ses poings solides.

La table de chevet se renverse avec fracas, et la lampe se brise en mille morceaux. Oakley réussit, je ne sais comment, à s'emparer d'un morceau de verre parmi les débris, et j'ai à peine le temps d'entrevoir la lumière qui s'y reflète, puis sa main s'abat sur mes yeux. Je lui échappe à la dernière demi-seconde, et il s'en faut d'un millimètre.

— Ordure, dis-je d'une voix sifflante.

On souffle tous les deux comme des bœufs. Je lâche son pardessus pour avoir les deux mains libres et me défendre contre le bout de verre. Aussitôt qu'il se sent libre, il se relève.

— Et maintenant, fait-il sourdement en haletant, où est-il, bon Dieu ?

Je ne réponds pas. Il attrape une fois de plus une béquille. Et nous en revenons aux coups bien ajustés. Sur la cuisse, cettc fois.

Je suis couché sur l'autre béquille. La crosse appuie-coude me rentre dans le dos. Je passe péniblement un bras sous moi et tire la béquille, à temps pour parer son deuxième coup. Les béquilles se rencontrent en l'air, se heurtent à grand bruit. Je m'accroche de toutes mes forces à la mienne et roule en direction du lit.

— Une dernière fois...

— Va te... faire dorer...

Je parviens à atteindre le lit et me cale dans l'angle qu'il forme avec le plancher. Ici, Oakley est gêné pour prendre son élan et me flanquer un coup qui porte. Je retourne la béquille, l'empoigne à deux mains par la crosse. Pour me cogner dessus, à l'endroit où je suis étalé, il faut qu'il s'approche davantage.

Ce qu'il fait. Son ombre noire tombe sur moi, démesurément agrandie par le vague rayon de la lampe de poche. Il se penche, élève la béquille pour l'abattre. Je pousse le bout de ma propre béquille avec force, verticalement. Elle entre brutalement en contact avec le but que je lui ai assigné, et mon bonhomme pousse un hurlement perçant ; la béquille qu'il brandissait tombe sur moi sans me faire de mal tandis qu'il recule en tournoyant sur lui-même, les mains pressées contre son bas-ventre.

— Je... je... vais te tuer... pour ça !

La douleur rend sa voix aiguë. Il gémit en étreignant son ventre.

— Bien fait pour... tes pieds, dis-je en m'efforçant de retrouver mon souffle.

Je me traîne sur la moquette ; le plâtre m'alourdit. Mon objectif est d'atteindre le téléphone, qui est tombé par terre quand la petite table s'est renversée. Je déniche le récepteur. Je tire sur le fil. L'appareil vient jusqu'à moi en rebondissant sur le tapis.

J'appuie mon doigt sur le bouton. Un tout petit truc. Le signal d'appel. Je trouve les numéros sur le cadran. Trois... neuf... un.

— Ouais ?

La voix de Tony, pleine de sommeil.

Je me suis montré imprudent, pas de doute. Je n'ai pas entendu le moindre bruit. La béquille me flanque un coup brutal à travers la nuque : je m'écroule sur le téléphone sans avoir averti Tony de s'amener à la rescousse.

Une voix parle, au-dessus de ma tête :

— Vous n'apprendrez donc jamais à fermer votre porte à clef ?

Je souris faiblement :

— Pas si c'est vous qui entrez.

— Vraiment ! Ça devient une habitude de vous trouver étendu pour le compte.

— Changez-en.

J'ouvre les yeux. Nous sommes en plein jour et il pleut.

Roberta, plantée à cinquante centimètres du lit, vêtue d'un imperméable jaune prodigieusement chic et dégoulinant d'eau. Ses cheveux cuivrés sont ramassés en queue de cheval, et elle regarde autour d'elle d'un air absolument sidéré.

— Est-ce que vous vous rendez compte qu'il est dix heures et demie ? dit-elle.

— Non.

— Vous semez toujours vos vêtements dans tous les coins en allant au lit ?

— Seulement le mercredi.

— Un peu de café ? fait-elle sans transition en me contemplant de toute sa hauteur.

— Oui, s'il vous plaît.

Elle se fraye un chemin dans le capharnaüm de ma chambre à coucher, puis traverse le living-room et disparaît dans ma cuisine. Je me frotte le menton. Ça pique. Dans le bas de la nuque, j'ai une bosse douloureuse, et tout un côté de la mâchoire me fait mal à cause des coups que je n'ai pas esquivés assez rapidement. Des contusions, dans un tas d'autres endroits, se réveillent pour s'unir en un chœur matinal. J'évite d'y prêter l'oreille.

Elle revient, l'imperméable en moins ; elle apporte deux grosses tasses fumantes qu'elle pose par terre avec précaution. Elle remet ensuite la table de chevet debout et transfère les tasses dessus.

Le tiroir est sorti de la table, et l'enveloppe sortie du tiroir. Mais, de toute évidence, Oakley n'a pas regardé ce qu'il y avait dedans ; il ne savait pas que je l'avais.

Roberta ramasse les deux béquilles abandonnées chacune dans son coin et les apporte à côté du lit.

— Merci, dis-je.

— Vous prenez ça avec sérénité.

— J'en ai vu d'autres, je lui rappelle.

— Et vous vous êtes tout bonnement endormi ?

— Je n'ai pas eu le choix.

Elle me regarde d'un peu plus près, tourne ma tête d'un côté, puis de l'autre, sur l'oreiller. C'est douloureux, et je fais une grimace. Elle retire vivement sa main.

— On vous a traité de la même façon que l'appartement, hein ?

— Plus ou moins.

— Pour quelle raison ?

— Je me suis entêté.

— Est-ce que vous voulez dire, demande-t-elle d'une voix incrédule, que vous auriez pu éviter tout ça... et que vous ne l'avez pas fait ?

— Si on a une raison valable pour caner, on cane. Sinon, on s'entête.

— Et tout ça... ce n'est pas une raison suffisante ?

— Non.

— Mais vous êtes fou !

— Vous avez bien raison.

Je soupire, me soulève un peu et tends une main vers la tasse de café.

— Avez-vous appelé la police ? demande-t-elle.

Je secoue la tête.

— Cette bagarre ne les regarde pas.

— Mais qui a fait ça, alors ?

Je lui souris.

— Votre père et moi allons récupérer nos licences.

— Qu'est-ce que vous dites ?

— Ça sera officiel dans la journée.

— Est-ce que Père le sait ? Comment c'est arrivé ? C'est grâce à vous ?

— Non, il ne sait rien encore. Passez-lui un coup de fil. Dites-lui de contacter tous les propriétaires. Ça sera bientôt confirmé dans les journaux : ou dans les éditions du soir aujourd'hui même, ou bien demain dans les journaux du matin.

Elle décroche le récepteur, s'installe au bord de mon lit, puis téléphone la nouvelle à son paternel ;

ses yeux étincellent et elle manifeste une joie sincère. D'abord, il ne veut pas la croire.

— Kelly jure que c'est vrai, dit-elle.

Il continue à douter, et elle me passe le récepteur.

— Dites-lui vous-même !

Cranfield me demande :

— Qui vous l'a dit ?

— Lord Ferth.

— Il a expliqué pourquoi ?

— Non. Seulement que les verdicts avaient été révisés... et annulés. Nous sommes réintégrés à compter d'aujourd'hui. Le communiqué officiel paraîtra dans le Calendrier de la semaine prochaine.

— Sans aucune explication ?

— Ils ne sont pas tenus d'en donner, lui fais-je remarquer.

— Tout de même...

— Peu importent les raisons. Nous sommes rétablis... c'est ce qui compte !

Il se lance alors dans un flot de projets concernant les chevaux, une fois qu'ils seront revenus.

— Et je vais me faire un malin plaisir de dire à Henry Kessel...

Il s'interrompt enfin et raccroche ; et je l'imagine très bien, assis à l'autre bout du fil, à se demander s'il peut se fier à mes paroles.

Roberta se lève d'un bond, comme si les nouvelles l'avaient remplie d'énergie.

— Voulez-vous que je range un peu ici ?

— Un coup de main me ferait plaisir.

Elle se penche et ramasse la photo déchirée de Rosalind.

— Ils n'avaient pas besoin de faire ça ! dit-elle, écœurée.

— Je vais recoller les morceaux pour qu'on en tire un autre cliché, dis-je.

— Vous auriez de la peine si vous la perdiez...

Je ne réponds pas aussitôt. Elle me regarde d'un air bizarre ; une expression indéfinissable se lit dans ses yeux sombres.

— Je l'ai perdue, dis-je lentement. Rosalind... Roberta... vous êtes si dissemblables...

Elle se détourne brusquement et pose les morceaux de la photo sur la commode, où a toujours été sa place.

— Le rôle de copie conforme, ça ne plaît à personne, dit-elle d'une voix haut perchée, comme cassée. Habillez-vous... pendant que je commence par le living-room.

Elle disparaît en hâte et ferme la porte derrière elle. Je reste étendu, le regard fixé sur la porte. Roberta Cranfield. Dire que je ne l'ai jamais trouvée sympathique. Roberta Cranfield. C'en est trop... Je commence à l'aimer.

Je fais peut-être preuve de négligence, lorsqu'il s'agit de verrouiller ma porte d'entrée, mais en vérité, je ne laisse guère traîner de choses qui pourraient tenter les voleurs. Ce n'est pas chez moi qu'on trouverait cinq cents livres sterling à photographier sur la commode, à portée du premier privé venu.

Quand j'ai aménagé cet ancien grenier à foin en appartement, je ne me suis pas contenté d'y installer le confort moderne. Derrière l'armoire de cuisine qui renferme les trucs comme la bombe tue-mouches et la lessive est dissimulé, dans un bel ouvrage de maçonnerie, un coffre-fort de haute sécurité. Il ne s'ouvre pas à l'aide de clefs ou d'une combinaison, mais grâce à un système électronique. Les fabricants m'ont livré le coffre-fort ainsi que le minuscule transmetteur d'ultrasons émettant les séries particulières d'ondes radio qui, seules, peuvent déclencher l'ouverture de la serrure, mais c'est moi, personnellement, qui les ai installés : le coffre-fort dans le mur, et le transmetteur dans un double fond aménagé dans l'armoire. Même en supposant qu'on découvre le transmetteur, il faudrait, de plus, dénicher le coffre-fort et connaître la série de fréquences qui l'ouvre.

Le coup du « Sésame-ouvre-toi ». J'ai toujours eu un faible pour les gadgets.

En dehors de l'argent et de quelques trophées hippiques, le coffre-fort contient plusieurs pièces d'argenterie ancienne, trois tableaux de Houthuesen, deux porcelaines de Chelsea, une porcelaine de Saxe, une tabatière Louis XIV et quatre diamants bruts totalisant vingt-huit carats. Ma pension de retraite, formules enveloppées dans du feutre vert, et qui ne cessent d'augmenter joliment de valeur. La retraite, dans le cas d'un jockey de steeple-chase, peut survenir à la prochaine chute ; et l'âge avancé de quarante ans, si on résiste jusque-là, constitue à peu près la limite.

Il y a également un morceau de fonte sans valeur, doté d'une entaille en forme de demi-cercle. A tous ces trésors, j'ai ajouté l'enveloppe que Ferth m'a donnée ; là non plus, ça ne m'avancerait à rien de la perdre.

Fermer à clef ma porte d'entrée exigerait une périlleuse descente de l'escalier, et une autre encore demain matin pour l'ouvrir. Je décide qu'elle peut rester déverrouillée, comme d'habitude. Je cale une chaise sous la poignée de porte de mon living-room.

Dans la soirée, je téléphone à Newtonnards, dans sa maison badigeonnée de rose de Mill Hill.

— Félicitations ! fait-il. On vous a rendu votre licence, hein ? Il n'a été question que de ça aux courses aujourd'hui, à Wincanton, dès que les gars de la presse l'ont su.

— Oui, c'est une bonne nouvelle.

— Qu'est-ce qui les a fait changer d'avis, ces messieurs ?

— Je n'en ai aucune idée... Dites donc, je me demandais si vous n'aviez pas revu ce type, par hasard. Vous savez, celui qui avait joué Cherry Pie chez vous ?

— Tiens, c'est drôle, je l'ai justement aperçu aujourd'hui. Seulement, comme je venais d'apprendre à l'instant que vous étiez rentré en grâce, j'ai pensé que ça ne vous intéressait plus.

— Vous n'avez pas essayé de savoir qui c'était, par hasard ?

— Au fait, si. Surtout pour satisfaire ma propre curiosité, en réalité. Il s'agit de l'Honorable Peter Foxcroft. Ça vous dit quelque chose ?

— C'est un frère de lord Middleburg.

— Oui, c'est ce qu'on m'a appris.

Je ris intérieurement. Ça n'a rien de mystérieux, que Cranfield ait refusé de nommer son pote inconnu. Tout simplement affaire de grimpette dans l'échelle sociale.

— Encore une chose... dis-je en hésitant. Me feriez-vous... pourriez-vous... me rendre un très grand service ?

— Ça dépend de quoi il s'agit.

Il semble prudent, sans plus. Un type avenant, mais avisé.

— Je n'ai guère les moyens de vous rendre la pareille.

Il émet un gloussement :

— Vous me prévenez que je ne dois pas m'attendre à glaner un tuyau quand vous monterez un gagnant ?

— C'est un peu ça.

— Tant pis, d'accord, vous voulez quelque chose en échange de rien du tout. Autant me dire de quoi il retourne. Allez-y !

— Vous rappelez-vous à qui vous avez appris que Cranfield avait joué Cherry Pie ?

— Avant l'enquête ?

— Oui. Ces collègues bookmakers dont vous m'avez parlé ?

— Ma foi...

Il semble hésiter.

— Si c'est possible, je reprends, est-ce que vous pourriez leur demander, à eux, à qui ils l'ont répété ?

— Oh là ! (Il lance quasiment un sifflement dans le récepteur.) Ça, c'est beaucoup demander !

— Tant pis, excusez-moi. N'en parlons plus.

— Ne quittez pas. Ne quittez pas. Je n'ai pas dit que je ne le ferai pas. Seulement, vous demandez beaucoup, si vous croyez qu'ils vont se rappeler.

— Je sais. Seulement, je veux toujours savoir qui a informé les commissaires au sujet de ce pari.

— On vous a rendu votre licence. Qu'est-ce que vous voulez de plus ? Si vous laissiez tomber ?

— Vous le feriez, vous ?

Il soupire.

— Je n'en sais rien. D'accord. Je verrai ce que je peux faire. Mais je ne vous promets rien, hein ! Tiens, au fait, quand j'y pense, il ne me serait peut-être pas inutile d'être au courant, quand l'une de vos montes n'est pas en forme ou n'est pas un gagnant probable. Si vous comprenez ce que je veux dire ?

— J'ai compris, dis-je en souriant. Marché conclu.

XIV

Le samedi matin, le facteur monte mon courrier, comme d'habitude depuis que je suis dans le plâtre. Je le remercie, trie les lettres, laisse échapper une béquille et fais preuve de ma maladresse habituelle pour la ramasser. En ouvrant l'une des lettres, d'étonnement, je laisse échapper les deux béquilles.

Je laisse les béquilles où elles sont et m'adosse au mur pour la lire.

« Mon cher Kelly Hughes,

« J'ai appris par les journaux que votre licence vous a été rendue, les informations que je vous adresse viennent donc peut-être trop tard pour vous être utiles. Mais je vous les envoie tout de même, car l'ami qui les a recueillies a dû engager pas mal de frais pour les obtenir, et il vous serait obligé si vous pouviez le rembourser. Je joins donc également sa note de frais.

« Comme vous le verrez, il s'est donné beaucoup de mal pour accomplir sa mission. Bien que, pour être juste, je doive vous dire qu'il m'a avoué qu'elle l'avait bien amusé... J'espère que le résultat correspondra à votre attente.

Cordialement vôtre
Teddy Dewar
Great Stag Hotel
Birmingham. »

Plusieurs feuillets, de formats différents, sont agrafés à la lettre. Sur le premier, un certain nombre de noms sont schématiquement disposés, d'une manière qui fait penser à un arbre généalogique renversé. Les noms sont groupés, par trois ou quatre, dans des petits cercles d'un diamètre de cinq centimètres. Ces cercles sont reliés entre eux, de haut en bas, et quelquefois de côté, par des flèches, mais l'œil est attiré vers le bas, à l'endroit où toutes les flèches convergent sur trois cercles, puis sur deux, et enfin sur un seul, dans lequel n'est inscrit qu'un seul nom : David Oakley.

Au dos de cette feuille est fixée une note explicative :

« Je connaissais un contact possible, le nommé J.L. Jones, souligné dans la troisième rangée de cercles. Avec lui comme point de départ, j'ai enquêté dans tous les sens pour trouver des gens qui connaissaient l'existence de David Oakley. Chaque groupe de gens mentionnés a entendu parler de lui par quelqu'une des personnes du groupe suivant. Toutes les personnes figurant sur cette feuille ont, je vous le garantis, ou bien directement, ou bien indirectement, entendu dire qu'Oakley était l'homme qu'il leur fallait aller voir en cas d'ennui. J'ai précisément joué le rôle du type qui a des ennuis, comme vous l'aviez suggéré, et presque toutes les personnes avec lesquelles j'ai parlé l'ont désigné spontanément, ou ont été d'accord avec moi quand j'ai insinué qu'il pourrait m'aider.

« J'ose espérer qu'un au moins, parmi ces noms, aura quelque signification pour vous, car je crains fort d'avoir fait des frais assez considérables. J'ai mené mon enquête surtout dans des pubs, des bars et des hôtels, et il a été parfois nécessaire de régaler sérieusement mon interlocuteur pour qu'il consente à parler.

Sincèrement vôtre
B.R.S. Timieson. »

La note de frais est suffisamment élevée pour m'arracher un sifflement. Je reviens aux noms encerclés et les passe soigneusement en revue.

J'en cherche un ou deux qui pourraient avoir une signification.

Et j'en trouve un.

Ce qui devrait sans doute me faire plaisir. Ou me rendre furieux. Mais je n'en ressens que de la tristesse.

Je double le montant global de la note de frais, puis libelle un chèque et rédige un petit mot pour l'accompagner :

« Travail magnifique. Je ne saurais assez vous remercier. L'un des noms a pour moi une grande signification et, à lui seul, justifie largement votre persévérance. Avec mon éternelle reconnaissance ! »

J'écris une lettre pour exprimer mes remerciements à Teddy Dewar ; j'ajoute que ces informations n'auraient pu arriver à un moment plus opportun. J'y joins l'enveloppe destinée à son ami Timieson.

Au moment où je colle le timbre, le téléphone se met à sonner. J'y vais en sautillant et décroche le récepteur.

C'est George Newtonnards.

— J'ai passé toute la soirée d'hier au bigophone. J'aurai probablement une note astronomique.

— Vous n'aurez qu'à me l'envoyer, dis-je d'une voix résignée.

— Mieux vaut savoir d'abord si j'ai obtenu des résultats, propose-t-il. Vous avez de quoi écrire ?

— Une petite minute !

Je vais chercher un bloc-notes et un stylo à bille.

— Allez-y !

— Bien. D'abord, il y a les types que j'ai moi-même renseignés.

Il me dicte cinq noms.

— Et puis... les gens auxquels Harry Ingram en a parlé...

Il cite trois noms.

— Ensuite, ceux qui ont été informés par Herbie Subbing...

Quatre noms.

— Après, les mecs que Dimmie Owens a mis au courant...

Cinq noms.

— Enfin, Clobber Mackintosh, qui l'a crié sur les toits...

Huit noms.

— C'est ce qu'ils peuvent se rappeler. Ils ne jurent pas que leurs listes soient complètes. Et, bien entendu, tous ces gens qu'ils ont rencardés ont pu bavarder devant d'autres... Des cancans pareils, ça se répand comme des ronds sur l'eau, si j'ose dire.

— En tout cas, je vous remercie beaucoup. Merci de vous être donné tant de mal.

— Ça vous servira ?

— Mais oui, j'en ai le sentiment. Je vous le ferai savoir un de ces prochains jours.

— Et n'oubliez pas : pour le tocard probable... faites-moi signe.

— D'accord.

Il raccroche, et je me mets à étudier la liste des noms. Plusieurs me sont familiers et appartiennent à des gens bien connus dans le monde hippique : des clients du book, je suppose. Aucun de ces noms ne figure déjà sur la liste des relations d'Oakley établie par Timieson, mais il y a quelque chose...

Pendant dix bonnes minutes, jc rcste planté à reluquer mon papier, en me demandant d'où me vient cette impression quand, brusquement, une association d'idées se déclenche...

L'un des types qu'Herbie Subbing a renseignés est le beau-frère de la personne que j'ai repérée sur la liste des contacts d'Oakley.

Je réfléchis un moment, puis j'ouvre le journal pour examiner le programme des courses qui ont lieu aujourd'hui à Reading. Je téléphone ensuite à lord Ferth, à son domicile de Londres, et j'ai la chance de l'obtenir au bout du fil par le truchement d'un domestique à la voix onctueuse.

— Eh bien, Kelly ?

Il subsiste encore quelque chose de nos rapports de mercredi. Pas tout, mais quelque chose...

— Excusez-moi, monsieur, dis-je, mais avez-vous l'intention de vous rendre à la réunion de Reading ?

— En effet.

— Je n'ai pas encore été officiellement informé de la restitution de ma licence... Y a-t-il un inconvénient à ce que je me montre là-bas ? J'aimerais vous voir, personnellement.

— Je vais m'arranger pour que vous n'ayez pas de difficultés, si c'est important.

Son ton est vaguement interrogatif, et je réponds à son attente.

— Je connais, dis-je, le nom de celui qui a manigancé cette affaire.

— Ah... oui ? Alors venez. A moins que la journée ne s'avère trop fatigante pour vous ? Je pourrais très bien aller à Corrie après les courses. Je n'ai rien de spécial ce soir.

— Je vous remercie de votre prévenance. Mais je pense que notre conspirateur sera aussi aux courses... en tout cas, il y a de grandes chances pour qu'il y soit.

— Comme vous voudrez. Je vous attendrai.

Tony a deux partants à la réunion ; je peux lui demander de m'y emmener. Mais il y a aussi Roberta... elle va probablement faire un saut chez moi, et elle aussi pourra peut-être m'y mener. Je souris, non sans ironie. Elle pourrait bien me mener n'importe où, Roberta Cranfield. Est-ce Dieu possible ?

Comme par un phénomène de télépathie, le téléphone se met à sonner, et c'est Roberta elle-même qui est au bout du fil. Elle parle d'une voix oppressée, anxieuse.

— Kelly ! Je ne peux pas sortir pour l'instant. A vrai dire...

Puis les mots se bousculent, tellement elle parle vite.

— Est-ce que vous pouvez venir chez nous ?

— Qu'est-ce qui se passe ?

— Eh bien... je ne sais pas s'il se passe vraiment quelque chose... Quelque chose de grave. Mais Grace Roxford vient d'arriver.

— « Grace, ma chérie ? »

— Oui... écoutez, Kelly. Elle reste tout bonnement assise dans sa voiture, elle est devant chez nous, elle regarde la maison d'un air furibond. Je vous jure, elle a l'air un peu cinglée. Nous ne savons pas très bien quoi faire. Mère veut appeler la police, mais, tout de même, on ne peut pas faire ça... Si jamais la pauvre femme est venue s'excuser, et qu'elle s'efforce de rassembler son courage...

— Elle est encore dans la voiture ?

— Oui. Je la vois d'ici. Pouvez-vous venir ? Vous comprenez... Mère n'est d'aucune utilité, et vous connaissez les sentiments de « Grace, ma chérie » envers moi, personnellement... Elle a l'air plutôt bizarre, Kelly !

Sa voix est nettement effrayée.

— Où est votre père ?

— Dehors, sur les pistes d'entraînement, avec Breadwinner. Il ne sera pas de retour avant une bonne heure.

— Bon, d'accord. Je vais me faire conduire par Tony ou un autre. Le plus vite possible.

— Epatant, dit-elle avec soulagement. Je vais tâcher de la faire lanterner en attendant votre arrivée.

Le trajet me prendra une demi-heure. Probablement plus. A ce moment-là, « Grace, ma chérie » ne sera peut-être plus dans sa voiture...

Je forme le 391 sur le cadran.

— Tony, dis-je d'une voix pressante. Est-ce que tu peux tout laisser tomber illico pour me conduire chez les Cranfield ? Grace Roxford y est, et je n'aime pas cette histoire.

— Mais il faut que j'aille à Reading, proteste-t-il.

— Tu peux y aller de chez les Cranfield, quand on se sera occupé de Grace... Et, de toute façon, moi aussi je dois me rendre à Reading pour rencontrer lord Ferth. Sois chic, Tony. Je t'en prie.

— Bon, d'ac. Si tu y tiens tant que ça. Laisse-moi cinq minutes.

Il en prend dix. J'en passe quelques-unes à téléphoner à Jack Roxford. Il est étonné que je l'appelle.

— Ecoutez, Jack, dis-je, navré de vous tracasser comme ça, mais avez-vous idée de l'endroit où votre femme est allée ?

— Grace ?

Il semble encore plus étonné, mais également effrayé.

— Elle m'a dit qu'elle descendait au village.

Le village en question est situé à soixante-quinze kilomètres environ de la maison de Cranfield.

— Elle a dû partir depuis pas mal de temps, dis-je.

— Je crois... Mais pourquoi ces questions ?

— Roberta Cranfield vient de me téléphoner à l'instant pour me dire que votre femme était devant leur maison, assise dans sa voiture, sans bouger.

— Oh ! Mon Dieu ! Elle avait l'air mieux ce matin... tout à fait dans son assiette... Apparemment, il n'y avait pas de danger à la laisser aller faire du shopping... Elle a été tellement secouée, voyez-vous... Et puis, on vous a rendu vos licences, à vous et à Cranfield... et ça l'a bouleversée... Tout ça a été tellement terrible pour elle...

— J'y vais, pour voir si je peux me rendre utile, dis-je. Mais... pouvez-vous aller la récupérer ?

— Oh, oui ! Je me mets en route. Oh ! la pauvre chérie... Occupez-vous d'elle en attendant mon arrivée.

— Oui, dis-je d'une voix rassurante avant de raccrocher.

Je parviens à descendre l'escalier sans incident, et je m'aperçois que Tony a réquisitionné la familiale de Poppy pour le voyage. La banquette arrière est baissée, pour me permettre de m'étendre au lieu de rester assis, et on a même installé des coussins pour caler mes épaules et ma tête.

— Une idée de Poppy, dit laconiquement Tony en m'aidant à monter par la porte arrière. Formidable, cette fille !

— Tu l'as dit, je réponds avec reconnaissance en tirant à moi les béquilles. Et maintenant, ne perds pas de temps, mon vieux.

— Tu as l'air inquiet ?

Il referme les portes, embraye et démarre en un minimum de temps.

— Plutôt. Grace Roxford est une déséquilibrée.

— Mais sûrement pas dangereuse, tout de même ?

— Je l'espère.

Ma voix doit manquer de conviction, car le pied de Tony pèse lourdement sur l'accélérateur.

— Accroche-toi, dit-il.

Nous tanguons d'un côté à l'autre dans les virages, et je n'arrive pas à me cramponner ; je suis contraint de caler mon pied valide contre la porte arrière, et de m'appuyer de toutes mes forces des deux mains aux côtés de la carrosserie pour ne pas aller valser dans les décors.

— Ça va ? crie Tony.

— Euh... oui, dis-je en m'efforçant de retrouver mon souffle.

— On va avoir un bout de bonne route.

Le reste de la circulation stagne derrière nous.

— Avertis-moi si tu vois des flics.

Pas de flics. Tony couvre les trente kilomètres à travers le Berkshire en vingt-trois minutes. Nous stoppons avec une secousse brutale devant la maison de Cranfield, et la première chose que je remarque, c'est qu'il n'y a plus personne dans la petite Volkswagen grise garée près de la porte d'entrée.

Tony ouvre avec fracas la portière arrière et me tire dehors sans façon.

— Elle est sans doute gentiment installée dans un fauteuil, dit-il, et elle boit une bonne tasse de thé.

Mais il n'en est rien.

Tony sonne à la porte, et un bon moment se passe avant que Mme Cranfield en personne vienne ouvrir.

Pas à sa manière habituelle lorsqu'elle ouvre tout grand, et brutalement. Elle entrebâille la porte d'une dizaine de centimètres.

— Hughes. Qu'est-ce que vous venez faire ici ? Allez-vous-en.

— Roberta m'a demandé de venir. Pour parler à Grace Roxford.

— Mme Roxford n'est plus ici.

La voix de Mme Cranfield est aussi tendue que sa façon de se conduire.

— Ce n'est pas sa voiture, ça ?

Je lui montre la Volkswagen.

— Non, fait-elle sèchement.

— C'est à qui, alors ?

— Au jardinier. Ecoutez, Hughes, allez-vous-en tout de suite. Allez-vous-en.

— Très bien, je réponds en haussant les épaules.

Elle referme immédiatement la porte.

— Aide-moi à remonter dans la bagnole, dis-je à Tony.

— Tu ne vas quand même pas t'en aller ?

— Ne discute pas. Remonte-moi dans la bagnole, démarre et sors par les grilles. Après, tu feras le tour et tu rentreras du côté des écuries.

— J'aime mieux ça.

Il me refourre dans la voiture, jette les béquilles à l'intérieur, claque la porte et regagne son volant en vitesse.

— Ne te presse pas comme ça, dis-je. Gratte-toi la tête. Prends un air sidéré.

— Tu crois qu'elle nous observe ?

Il ne met pas le moteur en marche : il me regarde par-dessus son épaule.

— Selon moi, Mme Cranfield ne permettrait pour rien au monde à son jardinier de se garer devant la grande entrée. Mme Cranfield a fait de son mieux pour appeler au secours.

— Ce qui veut dire, ajoute-t-il lentement, que Grace Roxford est, en effet, très dangereuse !

Je hoche la tête, ma bouche est sèche.

— Démarre, maintenant.

Il roule lentement, tourne pour s'engager dans l'allée carrossable qui mène à l'arrière des bâtiments, puis il accélère pour s'arrêter finalement, d'un brusque coup de frein, à côté des écuries. Une fois de plus il m'aide à descendre.

— Il y a un téléphone dans le petit bureau qui donne sur la cour, dis-je. C'est la porte à côté de la resserre de matériel. Cherche dans l'annuaire des professions un toubib du voisinage, et dis-lui de venir en vitesse. Après, attends ici que Dexter Cranfield revienne avec les chevaux, et empêche-le d'entrer dans la maison.

— Kelly, tu ne crois pas que tu exagères ?

— Ça se peut. Mais autant prendre nos précautions.

— Je n'arriverai jamais à retenir Cranfield.

— Dis-lui que personne ne croit jamais les tragédies possibles, et ensuite il est trop tard.

Il m'observe deux secondes, puis s'élance pour traverser la cour.

Je remonte l'allée en clopinant et j'essaie d'ouvrir la porte de derrière. Elle n'est pas fermée à clef. Comme il se doit. Pour que Cranfield puisse entrer sans attendre. Pour trouver quoi ?

Une fois à l'intérieur, je gagne silencieusement le hall d'entrée. J'ai beau tendre l'oreille, je n'entends aucun bruit dans la maison.

J'entre d'abord dans la bibliothèque. Je transpire d'angoisse à l'idée de faire tomber une de mes béquilles, et je jongle avec elles pour m'assurer une prise ferme sur la poignée de porte. Puis je la fais tourner et pousse doucement le battant.

Personne dans la bibliothèque. Le tic-tac d'une grande pendule posée sur la cheminée produit un bruit de tous les diables. A contretemps des battements de mon propre cœur.

Je laisse la porte ouverte et me dirige, à pas de loup, vers celle du petit salon, qui se trouve à côté de la porte d'entrée. Je renouvelle, avec le même luxe de précautions, l'opération poignée. Puisqu'elles m'ont vu arriver, c'est probablement dans cette pièce qu'elles se tiennent.

Le battant s'ouvre vers l'intérieur. Gonds bien huilés : aucun grincement. Je reconnais le chintz fané des housses des fauteuils, les tapis plutôt vieux, les signes qui indiquent que c'est une pièce où on vit : des journaux éparpillés, une paire de lunettes posée sur quelques lettres, un foulard et un panier à fleurs. Mais il n'y a personne.

L'autre côté du hall donne sur le spacieux salon de réception, avec sa porte à double battant et, au fond, derrière l'escalier, les portes de la salle à manger et du cabinet de travail où Dexter Cranfield conserve ses registres de courses et effectue tous ses travaux d'écritures.

Je gagne le bureau et en ouvre la porte. Le silence règne et, à l'exception des grains de poussière qui gravitent dans la pièce, rien ne bouge.

Ce qui ne me laisse plus que les deux grandes pièces du bas, et toutes celles de l'étage. J'examine la large volée de marches qui monte tout là-haut en souhaitant qu'elle se transforme en escalator.

La salle à manger est vide. Je retourne clopin-clopant de l'autre côté du hall et m'arrête devant la porte à glissière du grand living-room. L'opération béquilles s'avère ici plus compliquée car, si je veux entrer dans la pièce, il faut ouvrir les deux panneaux coulissants ; et pour les ouvrir, j'aurai besoin de mes deux mains. J'y arrive quand même, en accrochant les deux béquilles à mon bras gauche, comme des cannes, et en me tenant debout sur une jambe.

Les panneaux s'écartent et je les ouvre tout grands. Le living de réception fait une bonne vingtaine d'ares. La tapisserie des fauteuils rembourrés y est de fin brocart d'or ; un tapis chinois, d'une nuance crème pâle, couvre le parquet, et les rideaux de soie qui tombent du plafond jusqu'au sol sont d'un bleu tendre. Une pièce raffinée et luxueuse, mais aussi une pièce prétentieuse, destinée à servir les ambitions les plus snobs de Cranfield.

Tout, dans la pièce, est absolument immobile. On dirait un tableau.

J'ajuste mes béquilles et m'avance. De quelques pas seulement. Et je m'arrête. Parce que je m'y vois contraint.

Mme Cranfield. Et Roberta. Et Grace Roxford aussi. Mme Cranfield se tient debout devant la cheminée, elle s'agrippe à la tablette, comme si elle avait besoin d'un appui pour ne pas s'écrouler. Roberta est assise sur une chaise en bois sculpté qu'on a tirée dans un large espace libre, au milieu du tapis. Derrière elle, un peu de biais, étreignant solidement d'une main l'épaule de Roberta, est plantée Grace Roxford.

L'autre main de Grace Roxford enserre un de ces couteaux qu'utilisent les marchands de poissons, long d'à peu près trente centimètres, aussi tranchant qu'un rasoir, à la pointe effilée comme une aiguille. Cette pointe mortelle est appuyée sur le cou de Roberta.

— Kelly ! dit Roberta.

Sa voix est haut perchée et quelque peu tremblante, mais elle exprime un immense soulagement. Un soulagement qui pourrait bien être hors de propos, me dis-je avec appréhension.

La peau tendue sur les pommettes de Grace Roxford est très colorée, et dans son regard brille une lueur inquiétante. Tout son corps est raidi dans l'attente. La main qui tient le couteau se crispe à intervalles irréguliers. Elle est aussi redoutable que de la nitroglycérine, mais elle a encore conscience de ses actes.

— Vous étiez parti, Kelly Hughes, dit-elle. Vous étiez parti.

— Oui, Grace. Mais je suis revenu voir Roberta.

— Approchez d'un seul pas, dit-elle, et je lui coupe le cou.

Mme Cranfield émet un bruit qui ressemble à un sanglot, mais Roberta ne change pas d'expression. Grace l'a déjà menacée. Plusieurs fois, probablement. Surtout quand Tony et moi nous nous sommes présentés à la porte d'entrée.

Elle semble terriblement résolue. Il ne fait aucun doute, ni pour moi ni pour les Cranfield, qu'elle est prête à faire ce qu'elle dit. Six mètres me séparent d'elle ; et par-dessus le marché, je me traîne sur des béquilles.

— Que voulez-vous, Grace ? dis-je le plus calmement possible.

— Ce que je veux ? Ce que je veux ?

Elle cligne des yeux. On dirait qu'elle s'efforce de se rappeler ce qu'elle voulait en venant ici. Puis sa fureur se rallume, et son regard me transperce, telle une flèche empoisonnée, quand le but qu'elle s'est donné lui revient à l'esprit ; ça la submerge comme une marée.

— Ce Dexter Cranfield... cette espèce de snob immonde... le sale poseur... Je l'empêcherai, moi, d'avoir ces chevaux-là... je le tuerai... vous avez compris ? Je le tuerai... comme ça il ne pourra plus les avoir, hein ? Que non !... Il ne pourra pas !

Une fois encore, ni Roberta ni sa mère ne manifestent de surprise. Grace leur a appris pourquoi elle est ici.

— Mais, Grace, si vous tuez M. Cranfield, ça ne servira pas les intérêts de votre mari.

— Si. Si. Si. Si.

Elle remue la tête avec énergie entre chaque « si », et le couteau tressaute sur le cou de Roberta, qui ferme un instant les yeux en oscillant sur sa chaise.

Je m'enquiers :

— Et comment comptez-vous le tuer, Grace ?

Elle rit. Son rire se brise à mi-chemin pour s'achever dans un gloussement aigu de folle.

— Il va venir ici, non ? Il va venir, hein, et il s'approchera tout près de moi, parce qu'il fera exactement ce que je lui ordonnerai, non ? Vous voyez, hein ?

J'observe la lame d'acier, si proche de la peau nacrée de Roberta, et me rends compte qu'il fera en effet tout ce qu'elle lui commandera. Comme je le ferais moi-même.

— Et après, vous comprenez ? C'est lui qui recevra le coup de couteau, pas elle. Vous comprenez ? Vous voyez ?

— Je vois.

Elle hoche exagérément la tête, et sa main tremble.

— Et puis... après ça ? je lui demande.

— Après... quoi ?

Elle a l'air perplexe. Dans son idée, les choses ne vont pas plus loin. Cranfield tué, le reste demeure dans le vague et les ténèbres. Sa vision ne s'étend pas jusqu'aux conséquences.

— Edwin Byler pourrait confier ses chevaux à un autre entraîneur, dis-je.

— Non. Non. Seulement à Dexter Cranfield. Seulement à lui. Toujours à lui raconter, à Edwin Byler, qu'il devrait avoir un entraîneur plus snobinard, pour nous le souffler. Je vais le tuer. Comme ça, il ne les aura jamais, ces chevaux.

Les mots se précipitent avec une véhémence monotone, d'autant plus effrayants qu'ils lui viennent manifestement par une sorte d'automatisme. Ces idées-là, il y a longtemps qu'elles peuplent son cerveau.

— Tout aurait pu se passer très bien, évidemment, dis-je lentement, si on n'avait pas rendu sa licence à M. Cranfield.

— Sûrement !

Un cri suraigu, amer, furieux.

— On la lui a rendue. On la lui a rendue. Comme ça. On n'aurait pas dû. On n'aurait pas dû.

— On ne la lui a pas rendue comme ça, je réplique. On la lui a rendue parce que je les ai obligés.

— Vous n'auriez pas pu...

— J'ai prévenu tout le monde que j'allais le faire. Et je l'ai fait.

— Non. Non. Non.

— Si ! dis-je catégoriquement.

Son expression s'altère lentement, et comme spectacle, c'est plutôt effrayant. J'attends que son cerveau déséquilibré se pénètre de cette idée : si Byler confie ses chevaux à Cranfield, c'est en fin de compte à moi qu'elle le devra. Je l'observe. Son projet de meurtre grandit et se nourrit de l'idée qu'elle me tuera, moi aussi. Son attitude à mon égard, faite de prudence et de réserve, se modifie ; elle me foudroie d'un regard haineux.

J'avale ma salive. Puis je poursuis :

— Si je n'avais pas obligé les commissaires à restituer sa licence à M. Cranfield, il serait toujours suspendu.

— Non, Kelly ! Non ! lance Roberta, horrifiée. Ne faites pas ça !

— Fermez-la, dis-je. Moi ou votre père... qui a la meilleure chance ? Et sauvez-vous dès que vous le pourrez.

Grace n'écoute pas. Grace est en train d'assimiler l'essentiel et d'en tirer les conclusions qui s'imposent.

Le blanc de ses yeux est immense.

— Je vais vous tuer, fait-elle. Je vais vous tuer.

Je ne bouge pas. J'attends. Les secondes durent des siècles.

— Venez ici, dit-elle, approchez-vous. Venez ici, ou je lui coupe la gorge.

XV

Je m'approche d'elle en m'aidant de mes béquilles. Comme j'arrive à mi-chemin, Mme Cranfield pousse un gémissement, perd connaissance et s'écroule lourdement sur la carpette en renversant la garniture de cheminée en cuivre jaune qui s'éparpille sur le parquet dans un fracas épouvantable.

Grace sursaute, et le couteau entaille la peau de Roberta qui pousse un cri. Je m'arrête, à moitié déséquilibré sur mes béquilles, et me fige sur place en m'efforçant de suggestionner Grace pour l'empêcher de sombrer dans la démence, de passer par-dessus le bord de l'abîme et de perdre la petite étincelle de raison qui lui reste encore. Elle est prête à poignarder tout ce qui se trouve à sa portée.

— Ne bougez pas, dis-je à l'adresse de Roberta, avec tout l'empressement que m'inspire la crainte d'un massacre.

Elle me lance un regard horrifié et fait de son mieux pour rester immobile. Mais elle tremble affreusement. Jamais je n'ai pensé qu'il pourrait m'arriver de prier. Pourtant, je prie.

Grace ne cesse de tourner sa tête par saccades, comme un oiseau. Le couteau reste posé sur la gorge de Roberta. L'autre main de Grace étreint toujours l'épaule de sa prisonnière. Un mince filet de sang coule sur la peau de Roberta et va former une tache écarlate sur son chandail blanc.

Personne ne se précipite au secours de sa mère. Je n'ose même pas lui accorder un regard ; ça m'obligerait à détourner mes yeux de Grace.

— Venez ici, ordonne Grace. Venez.

Sa voix est rauque, à peine plus audible qu'un chuchotement. Et, bien qu'elle surveille ma lente progression d'un œil qui trahit son irrépressible intention de me tuer, je suis infiniment heureux de constater qu'elle peut encore parler, encore penser, encore fixer son esprit dérangé sur un but déterminé.

Au cours des derniers pas, je me demande comment esquiver le coup, puisque je suis incapable de sauter de côté ou de plier les genoux et que je n'ai même pas les mains libres. Un peu tard pour m'en inquiéter. J'abrège la dernière enjambée, afin qu'elle soit obligée de se déplacer pour m'atteindre, et en même temps je dégage doucement mon bras droit de la béquille.

Elle est presque trop rapide. Elle frappe immédiatement, avec la soudaineté de l'éclair, d'un coup pointé sur ma gorge et, bien que je parvienne à m'effacer de deux centimètres pour esquiver l'attaque, la lame siffle si près qu'elle transperce le col de mon veston. Je lève ma béquille droite entre Grace et moi et la repousse brutalement pour parer sa deuxième tentative.

Je vois, du coin de l'œil, Roberta s'arracher à la prise sauvage de Grace et réussir à quitter sa chaise en trébuchant.

— Je vais vous tuer, dit Grace.

Elle prononce les mots en les déformant. Mais leur sens ne fait aucun doute. Elle ne pense même pas à se défendre. Elle ne pense plus du tout, à ce qu'il semble. Elle n'a qu'une seule idée en tête, une idée fixe, dévorante, obsédante.

Je lève ma béquille gauche telle une barre, pour la repousser. Elle plonge dessous, tente de m'enfoncer la lame dans les côtes. En me rejetant en arrière pour esquiver le coup, je perds l'équilibre et je manque tomber, et la voilà penchée sur moi en brandissant son couteau, tel un prêtre païen prêt à m'offrir en sacrifice.

Une de mes béquilles tombe. Illusion que de vouloir parer un coup de poignard de la main nue. J'essaie de lui lancer l'autre béquille en plein visage, mais la crosse s'accroche à un fauteuil.

Le bras de Grace s'abat sur moi. A peine a-t-elle ébauché son geste que je me laisse choir par terre et, faute d'élan suffisant, le couteau, en m'atteignant à bout de course, ne fait qu'une nouvelle entaille dans mon veston.

Elle se jette à genoux à côté de moi et relève son bras.

La béquille que j'ai perdue, venue je ne sais d'où, fend l'air en sifflant et frappe brutalement la main qui brandit le couteau. De fureur, Grace siffle comme un serpent quand le couteau tombe ; sa pointe pique mon plâtre. Elle pivote pour voir qui l'a frappée et tend les deux mains vers la béquille que Roberta lance sur elle pour lui assener un nouveau coup.

Grace réussit à empoigner la béquille et la tire à elle. Je rampe et me tortille, allonge mon bras pour m'emparer du couteau. Quand enfin mes doigts se referment sur le manche de l'arme, je la lance de toutes mes forces par la porte du hall.

Mais Grace est trop forte pour Roberta. Trop forte pour moi aussi. Elle est d'une force démentielle, épouvantable. Je me dresse sur mon genou gauche et la saisis par derrière, à bras-le-corps ; j'emprisonne son torse et l'étreins de mon mieux pour maintenir ses bras collés à son corps. Elle me secoue comme un sac de plumes, de droite et de gauche, en se démenant pour se relever.

Et elle y parvient, me soulève avec elle, plâtre compris. Elle sait où j'ai envoyé valser le couteau. Elle se détourne et met le cap sur la porte ouverte, en m'entraînant avec elle, collé à son dos comme une sangsue.

Je lance en haletant à Roberta :

— Vite, ramassez le couteau et filez aux écuries.

Une fille épatante. Elle fonce sans répondre ramasser le couteau et continue sur sa lancée, traverse le hall et sort de la maison.

Grace se met à hurler des mots inintelligibles et tâche de desserrer mes doigts que j'ai entrelacés sur sa poitrine plate. Je m'accroche de toutes mes forces, et quand elle se rend compte qu'elle ne peut se dégager, elle se met, par dépit, à me pincer partout où elle le peut avec férocité. Ses cheveux, qu'elle porte d'habitude coiffés en rouleau sur la nuque, se sont défaits et me tombent dans la figure. Je vois de moins en moins ce qui se passe. Je me rends seulement compte qu'elle continue à m'entraîner vers la porte, toujours avec la même inimaginable violence, en marmottant un torrent ininterrompu de mots dénués de sens entremêlés de cris soudains et perçants.

Elle atteint la porte restée ouverte et tente de se débarrasser de moi en m'écrasant contre le chambranle. Elle a du mal à parvenir à ses fins, mais elle y réussit tout de même, et quand elle se sent libérée par ma chute, elle fait volte-face avec la rapidité de l'éclair, ses mains en avant, les doigts raidis, visant mon cou.

Son visage congestionné est d'un pourpre foncé. Ses yeux, écarquillés à faire peur, ont un regard fixe dont la démence me hurle au visage. Ses lèvres sont tendues sur les gencives, en un rictus qui découvre ses dents.

Jamais, de toute mon existence, je n'ai vu quelque chose de si terrifiant. Jamais je n'aurais cru possible qu'un être humain puisse avoir une expression pareille, jamais je ne me suis fait une telle image de la démence homicide.

Elle m'aurait certainement tué sans l'intervention de Tony, telle est sa force, incomparablement supérieure à la mienne. Tony surgit dans le hall ; il arrive de la cuisine, et il fait basculer Grace d'un plaquage de rugby aux genoux. Je m'écroule en même temps qu'elle, car elle s'acharne à vouloir m'arracher la gorge à pleines mains et ne me lâche pas.

Il faut les efforts réunis de Tony, d'Archie et des trois autres lads pour me dégager et la clouer au sol. Ils sont tous couchés sur ses bras, ses jambes, sa poitrine et sa tête, et elle se débat encore convulsivement sous eux pour se libérer.

Le visage de Roberta ruisselle de larmes, et il ne me reste plus assez de souffle pour la consoler et lui dire qu'il n'y a plus de danger. Plus de... plus de... Voilà que je me sens tout faible et que je m'adosse au mur, en pensant que ça serait vraiment trop idiot de tomber dans les pommes à présent. Je respire donc un bon coup, par trois fois, et tout cesse de tournoyer autour de moi, peu à peu.

— Un toubib est en route, m'annonce Tony. Mais je crois pas qu'il s'attende à un pareil spectacle !

— Il saura ce qu'il faut faire.

— Mère ! s'exclame tout d'un coup Roberta. Je l'avais oubliée...

Elle passe devant moi et s'élance dans le living-room. J'entends, un instant plus tard, sa mère qui l'interroge d'une voix angoissée et désorientée.

Grace pousse des cris, mais sa voix rappelle la plainte des mouettes, et rien de ce qu'elle dit n'a de sens. L'un des lads murmure avec compassion :

— La pauvre, on pourrait pas la laisser se mettre debout, dites ?

A quoi Tony riposte avec férocité :

— Seulement dans une cage à fauves.

— Elle ne se rend pas compte de ce qui se passe, dis-je avec lassitude. Elle ne sait pas ce qu'elle fait, elle est incapable de se contrôler. Alors, pour l'amour de Dieu, ne la lâchez pas.

Exception faite des quatre-vingt-dix kilos bien tassés, et fermement décidés, de Tony, ils sont assis délicatement sur elle, et par deux fois elle réussit presque à les envoyer dinguer. On entend enfin sonner à l'entrée et je m'en vais ouvrir la porte en clopinant.

C'est le toubib du patelin, et il me regarde d'un air hésitant, en se demandant sans doute s'il s'agit d'un canular. Mais un seul regard à Grace lui suffit ; il ouvre sa trousse tout en traversant le hall. Il lui enfonce immédiatement une aiguille hypodermique dans le bras, et bientôt les sursauts convulsifs s'atténuent, les cris stridents deviennent murmures, puis enfin s'apaisent et sombrent dans le silence.

Les cinq hommes se relèvent et s'écartent ; la voici étendue, ratatinée et chiffonnée ; ses cheveux grisonnants retombent en mèches autour de son visage placide et détendu. Il semble incroyable que des membres si frêles, un corps d'une telle maigreur, aient recelé une telle force. Nous nous attardons à la contempler avec plus d'épouvante que de pitié ; un dernier tressaillement convulsif la secoue et elle glisse dans une paisible inconscience.

Une demi-heure plus tard, Grace est toujours étendue par terre, dans le hall ; on a placé un oreiller sous sa tête et une couverture sur son corps pour lui tenir chaud.

Dexter Cranfield est revenu après avoir assisté à l'entraînement des chevaux, et il est entré tout de go dans cette atmosphère de drame surmonté. Les explications à moitié hystériques de son épouse ne l'ont pas avancé à grand-chose.

Roberta l'informe donc que Grace est venue chez eux le tuer, parce que sa licence lui avait été restituée, et que c'est à cause de Grace qu'il l'avait perdue. Il arpente le hall, en proie à une rage qui, selon moi, provient de ce que c'est une femme qui est à l'origine de nos ennuis. Il méprise profondément les femmes, par principe, et dit qu'elle aurait dû être enfermée depuis des années. Méchante, mesquine, intrigante, toujours à fourrer son nez partout... C'est bien d'une femme, conclut-il. Je l'écoute avec une gravité recueillie, et j'arrive à la conclusion qu'il a dû avoir une nourrice autoritaire.

Le toubib a donné plusieurs coups de fil frénétiques ; une ambulance arrive enfin, chargée de pas mal de matériel particulier et convoyée par deux types à l'air compatissant. La porte d'entrée reste grande ouverte, et la perspective du départ imminent de Grace nous soulage tous.

C'est au beau milieu de ce remue-ménage qu'arrive Jack Roxford.

Il bondit de sa voiture, jette un regard horrifié à l'ambulance et se précipite dans le hall. En voyant Grace étendue sur le sol, et les gars de l'ambulance qui se préparent à la soulever pour la coucher sur un brancard, il tombe à genoux à côté d'elle.

— Grace, ma chérie...

Il se penche. Elle est toujours sans connaissance, très pâle à présent, l'air fané, et elle accuse la soixantaine.

— Grace, ma chérie.

Sa voix est angoissée.

— Qu'est-ce qu'elle a ?

Le médecin entreprend de le lui apprendre avec ménagements. Cranfield l'interrompt en s'écriant brutalement :

— Elle est folle à lier. Elle s'est amenée ici pour m'assassiner, et elle aurait pu tuer ma femme et ma fille. Il est absolument scandaleux qu'elle ait pu se balader en liberté dans un état pareil. J'en parlerai à mes avocats.

Jack Roxford n'a entendu que la première partie du discours. Son regard se pose sur la blessure que porte Roberta au cou et sur le sang qui tache son chandail. Il se couvre la bouche de la main, comme s'il réprimait une nausée.

— Grace, fait-il. Oh ! Grace...

A n'en pas douter, il l'aime. Il se penche sur elle, remonte d'une caresse les mèches de son front, lui murmure des mots doux, et quand enfin il relève la tête, des larmes sillonnent ses joues.

— Elle va se remettre, n'est-ce pas ?

Le médecin se trémousse d'un air mal à son aise ; il répond qu'il faut avoir de la patience, que seul le temps pourra le dire, qu'il existe de nos jours des cures miracles...

Les ambulanciers allongent doucement le corps sur le brancard et le soulèvent.

— Laissez-moi l'accompagner, demande Jack Roxford. Où l'emmenez-vous ? Laissez-moi aller avec elle.

L'un des ambulanciers lui donne l'adresse de l'hôpital, mais lui conseille de ne pas venir.

— Mieux vaudrait ce soir, monsieur. Ça ne servirait à rien d'attendre toute la journée, vous ne croyez pas ?

Le médecin ajoute que Grace restera pendant quelque temps encore sans connaissance, puis qu'on lui administrera des sédatifs puissants, et qu'il est bien vrai qu'il vaudrait mieux que Roxford ne l'accompagne pas. Les gars en uniforme portent Grace audehors, sous le soleil, et la chargent dans l'ambulance. Nous les suivons dans l'allée carrossable ; et Jack Roxford reste immobile, absolument pitoyable, tandis que les infirmiers referment les portes du véhicule, consultent encore le médecin puis démarrent discrètement.

Roberta lui touche le bras.

— Vous ne voulez pas boire un verre, monsieur Roxford ?

Il pose sur elle un regard vide, puis tous ses traits se crispent, et il est incapable de prononcer un mot.

— Il ne faut pas, monsieur Roxford, fait Roberta avec pitié. Elle ne souffre pas, elle n'a aucun mal.

Il hoche la tête. Roberta lui passe un bras autour des épaules et le ramène à la maison.

— Qu'est-ce qu'on fait ? demande Tony. Moi, faut absolument que j'aille à Reading, mon vieux. Faut que je déclare mes partants pour la deuxième course.

Je consulte ma montre.

— Tu as encore un quart d'heure. Je suis d'avis qu'on devrait emmener Jack Roxford. Il a un partant lui aussi, entre parenthèses, bien que j'imagine qu'il ne s'en soucie guère pour l'instant... Sauf qu'il s'agit d'un cheval appartenant à Edwin Byler. Mais il n'est pas en état de conduire, et les courses l'aideraient à ne pas trop se tracasser à cause de Grace.

— Oui, c'est une idée, fait Tony en riant.

— Retourne voir à la maison si tu peux le convaincre de venir.

— D'ac.

Il y va en souriant, et je trompe l'attente en sautillant sur mes béquilles autour de l'allée carrossable, pour examiner les voitures qui y sont garées. Il va m'en falloir une nouvelle... N'empêche que je choisirai probablement la même.

Tony sort de la maison avec Roberta et Jack Roxford. Jack a l'air hébété, et il se laisse faire quand Tony l'installe sur la banquette avant de la familiale, comme si ses pensées étaient à des kilomètres. Ce qui est probablement le cas.

Je m'approche de Roberta en clopinant sur le gravier.

— Votre cou, ce n'est pas grave ? je lui demande.

— Et le vôtre ?

J'examine sa coupure de plus près. Elle n'est pas profonde, et longue d'un peu plus de deux centimètres.

— La cicatrice ne se verra presque pas.

— Sans doute.

Son visage est tout près du mien. Ses yeux sont de l'ambre moucheté de noir.

— Restez ici, dit-elle brusquement. Vous n'êtes pas obligé d'aller aux courses.

— J'ai un rendez-vous avec lord Ferth... Il vaut mieux liquider cette affaire.

— Vous avez sans doute raison.

Elle a l'air soudain très fatiguée. Elle a passé un samedi matin plutôt éprouvant.

— Si vous n'avez rien de mieux en vue, je lui propose, ne pouvez-vous pas faire un saut chez moi demain... pour me préparer à déjeuner ?

Un petit sourire étire sa bouche et plisse ses yeux.

— Je suis tombée éperdument amoureuse de vous, dit-elle. Quand j'avais douze ans.

— Et après, ça a passé ?

— Oui.

— Dommage.

Son sourire s'épanouit.

— Qui est Bobbie ? je demande.

— Bobbie ? Oh !... c'est le fils de lord Iceland.

— Comme il se doit.

Elle rit.

— Père veut que je l'épouse.

— Comme de bien entendu.

— Mais Père va avoir une déception.

— Tant mieux.

— Kelly ! braille Tony. Amène-toi, nom d'un chien, je vais être en retard.

— Au revoir, dit-elle calmement. On se verra demain.

Tony nous conduit aux courses de Reading avec douceur et prudence. Jack Roxford reste d'un bout à l'autre du trajet plongé dans un silence lugubre. Au moment où nous nous arrêtons dans le parking, il descend de voiture et s'éloigne comme un automate vers l'entrée, sans un mot de remerciement ou d'explication.

Tony le suit des yeux et fait claquer sa langue.

— Cette femme ne vaut pas ça.

— Pour lui, si.

Tony se précipite pour déclarer ses partants, et je franchis lentement l'entrée ; je cherche lord Ferth du regard.

Ça me fait une impression extraordinaire d'être de retour sur un champ de courses. Comme si je sortais de prison. Les mêmes gens qui m'ont décoché des regards obliques, au bal de la Caisse de solidarité des jockeys, m'assènent maintenant des tapes familières dans le dos, en m'assurant qu'ils sont ravis de me rencontrer. Tu parles ! Je ne leur en sais aucun gré. Le coup de pied de l'âne, c'est fini, maintenant que je suis debout.

Lord Ferth se tient à l'extérieur du pavillon des balances, parmi un groupe de gens dont il se détache en m'apercevant.

— Allons dans la salle à manger des commissaires, dit-il. Nous y trouverons un coin tranquille.

— Pourrions-nous attendre après la troisième course ? je lui demande. Je voudrais que mon cousin

Tony soit présent lui aussi, et il a quelques partants...

— Naturellement. Il se trouve que ça me convient mieux, à moi aussi. Après la troisième, donc.

J'assiste aux trois premières épreuves, tel un pauvre exilé affamé de retour au bercail. Le cheval de Tony, que je monte quelquefois, termine encore plein de ressources, quatrième, ce qui augure bien de sa prochaine sortie, et le cheval de Byler gagne la troisième épreuve. Comme j'ai hâte d'aller voir comment Jack Roxford se comportera dans l'enceinte du gagnant, je manque d'emboutir Kessel. Il me regarde de haut en bas, remarque le plâtre et les béquilles sans daigner dire un mot. Je lui rends son regard froid et inexpressif. Après m'avoir ainsi bien fait comprendre qu'il n'a nullement l'intention de s'excuser, il pivote sur ses talons et s'éloigne.

— Tu te rends compte ? me dit Tony à l'oreille. Toi qui pourrais l'attaquer en diffamation !

— Il n'en vaut pas la peine.

Auprès de Charlie West aussi, je rencontre à peu près la même attitude. Le défi, vaguement maussade. Je hausse les épaules avec résignation. C'est ma faute. On verra bien avec le temps.

Tony m'accompagne jusqu'à l'enceinte du gagnant. Byler est là, il rayonne. Jack Roxford a toujours la même expression perdue. Nous regardons Byler lui proposer un verre pour arroser la victoire, et Jack secoue vaguement la tête, comme s'il n'avait pas compris.

— Va me repêcher Jack, dis-je à Tony. Raconte-lui que tu tiens encore à veiller sur lui pour qu'il ne reste pas seul, ou un truc comme ça.

— Si ça peut te faire plaisir, mon vieux.

Il se faufile obligeamment à travers la foule, adresse quelques mots d'explications à Byler, prend Jack par le bras et l'entraîne au-dehors.

Je les rejoins et leur indique d'une voix neutre :

— Par là !

Je les mène au restaurant des commissaires dont ils franchissent la porte en ôtant tous les deux leurs chapeaux pour les accrocher aux patères.

Les longues tables de la salle à manger des commissaires ont été débarrassées des reliefs du déjeuner et sont maintenant servies pour le thé, mais à part lord Ferth, il n'y a encore personne. Il serre la main à Tony et à Jack et les invite à s'asseoir au bout d'une table.

— Kelly... ? demande-t-il.

— Je resterai debout, dis-je. C'est plus facile pour moi.

— Bon, reprend Ferth en jetant un coup d'œil curieux à Tony et Jack. Vous m'avez dit, Kelly, que vous saviez qui était l'auteur de ce coup monté contre vous et Dexter Cranfield.

Je hoche affirmativement la tête.

— Grace Roxford, lui annonce Tony, d'un ton de regret. La femme de Jack.

Jack contemple vaguement la nappe et ne souffle mot.

Tony raconte ce qui s'est exactement passé chez les Cranfield à lord Ferth, qui semble de plus en plus bouleversé.

— Mon cher Roxford, fait-il d'un ton embarrassé, je suis vraiment navré. Vraiment navré.

Il lève son regard sur moi.

— On n'aurait jamais imaginé qu'elle... Grace Roxford, moins que personne... puisse être la responsable de ce coup monté.

— Très vrai, dis-je d'une voix douce. D'ailleurs, ce n'est pas elle.

XVI

Tony et Jack se redressent tous deux comme sous l'effet d'une décharge électrique.

Lord Ferth s'adresse à Tony :

— Mais vous avez dit...

— J'ai cru qu'il n'y avait aucun doute, répond Tony. Elle a tenté de tuer Kelly... et elle avait aussi l'intention de tuer Cranfield.

— Elle a tenté de me tuer cette fois, exact, dis-je. Mais pas l'autre fois. Ce n'est pas elle qui avait bricolé ma voiture.

— Alors, qui ? demande lord Ferth.

— Son mari.

Jack se lève. Il a l'air moins éperdu, à présent.

Je pousse l'épaule de Tony, légèrement, de ma béquille. Il comprend et se lève aussi. Sa place, à la table, est entre Jack et la porte.

— Asseyez-vous, monsieur Roxford, dit Ferth avec autorité, et après une hésitation, Jack obéit lentement.

— C'est absurde, proteste-t-il avec énergie. Je n'ai pas touché à la voiture de Kelly. Personne n'aurait pu provoquer un accident pareil.

— Vous n'auriez pu compter qu'un train allait me happer, c'est vrai. Mais vous pensiez à un accident, pas de doute.

— Mais Grace... commence Tony, toujours éberlué.

— Grace, dis-je tranquillement, a fait preuve, presque à tous les points de vue, d'un caractère totalement opposé à celui de la personne qui a manigancé la suspension de nos licences, à Cranfield et à moi. Grace s'est montrée véhémente, emportée, déséquilibrée et émotive. La machination a été organisée avec une préméditation froide, d'une manière réfléchie, efficace et brutale.

— Les déments sont parfois très rusés, observe Tony d'un air sceptique.

— Ce n'était pas Grace, dis-je d'un ton catégorique. C'était Jack.

Tout le monde reste un instant silencieux. Puis Jack se lance, d'une voix plaintive qui va crescendo :

— Mais qu'est-ce qui lui a pris d'aller ce matin chez les Cranfield ? Pourquoi n'a-t-elle pas laissé faire les choses ?

— Ça n'aurait rien changé, dis-je. Je savais déjà que c'était vous.

— C'est impossible.

Ferth se racle la gorge.

— Je suis d'avis... euh... Kelly, que vous feriez bien de nous exposer vos raisons de porter une accusation aussi grave.

— Tout a commencé, dis-je, quand Dexter Cranfield a persuadé Edwin Byler de retirer ses chevaux à Roxford pour les lui confier. En effet, comme l'a soutenu Grace, Cranfield a sans doute persuadé Byler qu'il jouissait, comme entraîneur, d'une plus haute considération que Roxford dans les milieux mondains. Le niveau social a pas mal d'importance aux yeux de M. Cranfield, et il incline à croire que tout le monde pense comme lui. Or, dans le cas d'Edwin Byler, il avait probablement raison. Seulement, Jack était l'entraîneur des chevaux de Byler depuis que celui-ci avait acheté son premier cheval, et à mesure que grandissaient la fortune et l'écurie de Byler, s'accroissaient la prospérité et le prestige de Jack. Pour lui, perdre Byler, c'était le désastre le plus complet. Le retour à la médiocrité. La fin de tout. Jack n'est pas un mauvais entraîneur, mais il n'a pas les qualités nécessaires pour réussir à figurer parmi les meilleurs. Du moins pas sans l'aide du hasard... un cadeau du ciel... comme Byler. Et on ne rencontre pas deux Byler dans une vie d'entraîneur. Donc, presque dès le début, je me suis posé des questions au sujet de Jack ; dès le moment où Cranfield m'a raconté, deux jours après l'enquête, que Byler avait failli transférer son écurie. Franchement, j'ai éprouvé de cuisants regrets à l'idée que je n'allais pas monter ses chevaux, voyez-vous... Et ce que je ressentais n'était rien, je l'ai compris, comparé à la réaction de Jack s'il les perdait.

— Je ne me tracassais pas à ce point, dit Jack d'un air maussade.

— Pourquoi serait-ce forcément M. Roxford ? intervient Ferth.

Je tire de ma poche le document que Teddy Dewar m'a fait parvenir et le lui remets en lui expliquant ce qu'il signifie.

— Ceci prouve l'existence d'un lien direct entre Oakley et les gens dont les noms sont inscrits dans les cercles. L'un de ces noms est Jack Roxford.

Comme vous le voyez, il connaissait l'existence d'Oakley. Il savait qu'Oakley serait d'accord pour lui fournir des preuves truquées.

— Mais... commence lord Ferth.

— Oui, je sais. Ce n'est qu'une présomption. Mais il y a aussi cette liste dressée par George Newtonnards.

Je lui passe la liste en lui indiquant les noms.

— Voilà des gens qui savaient avec certitude que Cranfield avait misé sur Cherry Pie chez Newtonnards. Ce qui, une fois de plus, n'est nullement concluant puisque d'autres gens, qui ne sont pas sur cette liste, ont pu l'apprendre également. Seulement, cet homme-là... (je lui montre un certain nom dans la liste fournie par Herbie Subbing)... cet homme est le frère de Grace Roxford, le beau-frère de Jack.

Ferth me dévisage posément.

— Vous vous êtes donné beaucoup de mal.

— Ce sont les autres qui s'en sont donné pour moi, dis-je. Teddy Dewar et son ami, et George Newtonnards.

— Ils ont pourtant agi sur vos indications.

— Oui.

— Rien d'autre ?

— Ma foi, il y a les lettres envoyées à lord Gowery, ces accusations si proprement tapées à la machine. Ce qui, entre parenthèses, ne ressemble guère à Grace. On pourrait en comparer les caractères avec ceux de la machine de Jack. Les signes des machines à écrire s'identifient à peu près aussi aisément que les empreintes digitales. Je n'ai pas encore eu l'occasion de m'en occuper.

Jack lève la tête d'un air affolé. Il se rend compte de la signification de la machine à écrire, alors qu'il n'a pas assimilé celle des listes.

— J'ai obtenu du secrétariat des commissaires, répond Ferth d'une voix lente, la lettre leur signalant qu'une personne frappée de disqualification habitait dans les bâtiments d'une écurie de courses. Pour autant que je m'en souvienne, les caractères sont les mêmes que ceux des lettres de dénonciation.

— Plutôt rosse, j'observe. Et ça ressemble davantage à Grace. Vindicative et sans beaucoup d'idées !

— Je n'ai jamais écrit au secrétariat des commissaires, dit Jack.

— Et Grace ?

Il secoue la tête. Je songe qu'il ne le sait peut-être pas. Ça ne me paraît pas d'une grande importance.

Je poursuis :

— J'ai jeté un coup d'œil dans le coffre de la voiture de Jack, ce matin, pendant qu'il était dans la maison de M. Cranfield. Il trimbale une trousse à outils drôlement bien garnie, y compris une perceuse.

— Ce n'est pas vrai, proteste Jack.

— Si, c'est vrai. Et vous possédez également une vieille Volkswagen grise, celle que Grace conduisait aujourd'hui. Cette voiture a été vue par le mécano de mon garage, quand vous êtes allé fouiller les débris de ma voiture. J'ai dans l'idée que vous espériez détruire toutes les traces compromettantes de trous de perceuse ; ça aurait pu amener la compagnie d'assurances à penser à une tentative d'assassinat. Mais Derek était là avant vous. Vous l'avez suivi, ou alors vous avez demandé au garage s'il avait ramassé quelque objet dans les débris, car vous m'avez expédié David Oakley pour essayer de le reprendre. Oakley ne connaissait pas la signification de l'objet qu'il cherchait. Un morceau de métal avec un trou dedans. C'est tout ce qu'il savait. Il venait seulement gagner ses honoraires.

— Il l'a trouvé ? demande Ferth.

— Non, je l'ai toujours. Est-ce qu'on peut prouver qu'une certaine perceuse a pratiqué un certain trou ?

Ferth l'ignore. Jack ne souffle mot. Je continue :

— Quand vous avez appris, le soir du bal, que je m'efforçais de découvrir l'auteur de la machination contre Cranfield et moi, vous avez décidé de vous débarrasser de moi, de crainte que je réussisse. Parce que, dans ce cas, vous perdiez bien plus que les chevaux de Byler... Donc, pendant que je parlais à lord Ferth et que je dansais avec Roberta, vous êtes allé au fond du parking bricoler votre petite farce.

Je me souviens de l'effroyable collision.

— Et ça, c'est difficile à pardonner.

— Je vais l'étrangler, dit Tony avec force.

— Ce qui lui arrivera, dis-je en secouant la tête, dépend de lord Ferth.

Ferth me regarde en face :

— Vous l'avez découvert. Je m'occuperai de lui.

— Comme convenu.

— De façon à vous satisfaire.

— Oui.

— Et que faut-il pour vous satisfaire ?

Je n'en sais rien.

Tony gigote fébrilement en reluquant sa montre.

— Lord Ferth, Kelly, écoutez, je m'excuse, mais j'ai un cheval à seller pour la dernière course... Faut que je m'en aille...

— Mais naturellement, répond lord Ferth. Pourtant,

nous vous serions tous reconnaissants de ne parler à personne de ce que vous avez entendu ici.

Tony sursaute :

— Bien sûr. Si ça vous arrange. Pas un mot.

Il se lève et gagne la porte.

— A tout à l'heure, me dit-il.

Cachottier !

Au moment où il sort, une flopée de commissaires accompagnés de leur épouse entrent en bavardant prendre le thé. Lord Ferth s'avance à leur rencontre ; ses yeux sont des éclairs, et tout le monde fait marche arrière. Un serviteur, qui vient de surgir derrière eux, est posté par lord Ferth à l'extérieur, avec l'ordre de renvoyer tout client au salon de thé des sociétaires.

Pendant ce temps-là, Jack continue à contempler la nappe sans mot dire. Il faut avouer que je n'ai guère envie de bavarder avec lui. Il m'en a trop fait baver.

Lord Ferth revient en hâte et s'assoit.

— Et maintenant, Roxford, commence-t-il de sa voix la plus froide, nous avons entendu les accusations de Kelly. C'est à vous de vous défendre.

Jack relève lentement la tête. Les profondes rides d'anxiété qui sillonnent ses traits ruissellent de sueur.

— C'est quelqu'un d'autre, dit-il d'une voix éteinte.

J'interviens :

— Ce n'était certainement pas Grace. Lord Gowery est absolument sûr que la personne qui lui a téléphoné pour essayer un chantage était un homme. Comme l'était l'individu qui a soudoyé Charlie West ; du moins, c'est ce qu'il a dit.

Jack Roxford sursaute violemment.

— Mais oui, Roxford, dit Ferth. Nous sommes au courant, en ce qui concerne lord Gowery.

— Vous ne pouvez pas...

— Vous appartenez au même club, dis-je avec conviction, comme si je le savais.

La seule pensée de ce club rompt toutes les digues dans l'esprit de Jack Roxford. Comme Gowery l'a fait avant lui, il s'effondre misérablement.

— Vous ne pouvez pas comprendre...

— Alors, expliquez-vous, dit Ferth. Nous tâcherons.

— Grace... nous... moi... Grace n'aimait pas...

Il sèche lamentablement.

Je lui donne un coup de main.

— Grace désirait une vie sexuelle normale et ne voulait rien savoir de ce que vous lui demandiez.

Il déglutit péniblement.

— Très tôt après notre mariage, il y a eu des scènes continuelles, et j'avais horreur de ça. Je l'aimais, je l'aimais vraiment. Je l'ai toujours aimée. Mais je me sentais... tout drôle... tellement complexé... elle ne comprenait pas, quand je la battais, que c'était de l'amour... Elle disait qu'elle allait me quitter et réclamer le divorce pour cause de cruauté... j'ai demandé à une fille que j'avais connue... une prostituée qui s'en fichait... Je veux dire... elle se laissait faire si on payait assez... je lui ai demandé si je pouvais recommencer à la voir... Elle m'a répondu qu'elle avait laissé tomber... mais qu'il y avait un club à Londres... Et j'y suis allé... et ç'a été un terrible soulagement... et après, je me suis bien conduit avec Grace. Mais, évidemment, nous n'avons pas... enfin, presque jamais... Pourtant, je ne sais guère pourquoi... nous avons pu continuer à vivre ensemble.

Lord Ferth a l'air révolté.

— D'abord, j'ai refusé d'y croire quand j'ai vu lord Gowery là-bas, poursuit Jack avec un peu plus de cohérence. Je l'ai vu dans la rue, devant le club. J'ai pensé à une coïncidence. Mais plus tard, une nuit, dans le club même, j'ai eu la certitude que c'était lui. Et je l'ai revu dans la rue une autre fois... mais je n'ai rien dit. D'ailleurs, qu'est-ce que j'aurais pu dire ? Et, de toute façon, je savais ce qu'il ressentait... on ne va pas là-bas à moins d'y être obligé... et c'est plus fort que soi.

— Depuis quand saviez-vous que lord Gowery fréquentait ce club ?

— Oh... depuis deux ou trois ans. Je ne sais pas exactement. Assez longtemps.

— Savait-il que vous en étiez membre ?

— Non, impossible. Je lui ai parlé une ou deux fois aux courses, à propos de sujets officiels... Il n'en avait pas la moindre idée.

— Et puis, dit pensivement Ferth, vous avez appris qu'il était désigné en remplacement du colonel Midgley pour présider l'enquête Cranfield-Hughes, et vous avez vu là une bonne occasion d'interdire les hippodromes à Cranfield et de garder les chevaux de Byler.

Jack reste tassé sur sa chaise ; il n'a pas un geste de dénégation.

— Et quand lord Gowery a refusé de céder au chantage, vous n'avez pas pu accepter l'idée de renoncer à votre projet, et vous avez entrepris de fabriquer des preuves pour parvenir à vos fins.

Suit un silence prolongé. Puis Jack répond d'une voix lourde, saccadée :

— Grace, ça l'a retournée... la pensée que Cranfield allait prendre ces chevaux. Elle n'arrêtait pas de ressasser... tout le temps... du matin au soir, et même la nuit. Elle ne pouvait pas s'en empêcher... Elle ne parlait que de ça... Sans arrêt. A parler, parler, toujours parler. Disant qu'elle aurait plaisir à tuer Cranfield... des trucs comme ça. Enfin... c'est vrai... elle a toujours été un peu nerveuse... toujours à se monter la tête... Mais, de penser à Cranfield, ça la mettait dans tous ses états... J'ai eu peur pour elle, quelquefois... elle se déchaînait après lui... Ma foi, en vérité, c'est à cause de ça que j'ai essayé de faire suspendre Cranfield... Mieux valait qu'il soit suspendu plutôt que d'être tué par Grace.

— Sérieusement, y avez-vous cru ? je lui demande.

— Elle n'arrêtait pas de le répéter... J'ignorais si elle en était capable... mais j'avais tellement peur... je ne voulais pas qu'il lui arrive des ennuis... ma Grace chérie... Je voulais l'aider... arranger les choses... alors, je m'y suis mis... et vraiment ça n'a pas été tellement difficile, une fois ma décision prise.

Ferth m'adresse un sourire torve. Je lui rends la pareille en songeant que le mariage est parfois une institution dangereuse. Sa vie avec un détraqué sexuel a forcément aggravé l'instabilité et la nervosité de Grace. Et Jack a dû éprouver à son égard un complexe de culpabilité qui s'est exprimé dans une volonté de compensation. Tous deux sont des êtres irrationnels et négatifs, et cette situation a mijoté en vase clos, entre les quatre murs de leur intimité tourmentée. D'entendre « Grace, ma chérie » rabâcher sans cesse la même chose, ça aurait pu pousser plus d'un homme autrement solide que lui à un acte explosif, pour en finir ; mais Jack ne pouvait pas l'abandonner, il devait rester avec ses chevaux, et il ne pouvait pas non plus la chasser parce qu'il l'aimait. Le seul moyen qu'il a trouvé pour faire taire sa femme, c'était de détruire Cranfield.

— Pourquoi vous en êtes-vous pris à moi ? dis-je en m'efforçant de ne pas laisser percer mon amertume. Pourquoi moi aussi ?

— Hein ?

Il me lorgne furtivement, en évitant de rencontrer mon regard.

— Vous... Mais... je n'ai rien contre vous, personnellement... Seulement, j'ai pensé que c'était l'unique moyen de m'assurer que ça marcherait... Cranfield n'aurait pu truquer cette course sans que le jockey de Squelch soit de mèche avec lui.

— La course n'était pas truquée.

— Oh... je le sais. Ces imbéciles de commissaires à Oxford... N'empêche qu'ils m'ont fourni une occasion inespérée... quand j'ai appris que c'était lord Gowery qui présidait. Et après, alors que je m'étais déjà arrangé avec Charlie West et Oakley... le frère de Grace m'a raconté comme ça, en passant, je vous assure, que son book lui avait appris que Cranfield avait joué Cherry Pie. Savez-vous quoi ? Je ne pouvais plus m'arrêter de rire. Exactement comme Grace... je me sentais... c'était à crever de rire, vraiment, qu'il ait réellement joué Cherry Pie...

— Qu'est-ce que c'est que cette histoire, au sujet de Charlie West ? demande Ferth d'une voix cassante.

— Je l'ai payé... pour qu'il raconte que Kelly avait retenu Squelch. Je lui ai passé un coup de fil pour lui demander... si Kelly n'avait jamais agi ainsi... et il m'a appris qu'une fois, dans une épreuve de novices, Kelly avait dit : « Parfait. On met les freins, les gars. » Je lui ai donc ordonné de raconter que Kelly avait prononcé ces mots lors de la Lemonfizz Cup. N'est-ce pas, ça me paraissait drôlement convaincant d'attribuer à Kelly des paroles qu'il avait vraiment dites...

Ferth me lance un regard accusateur.

— Vous avez couvert West.

Je hausse les épaules d'un air maussade. Jack n'y prête pas attention : il n'entend rien.

Il poursuit pitoyablement :

— Grace était en pleine forme avant le bal. Elle était redevenue si merveilleusement calme depuis la suspension de Cranfield. Et puis Edwin Byler m'a déclaré que nous pouvions garder ses chevaux définitivement...

« Nous étions si heureux... à notre manière... Et après, on a appris que... Kelly était là... à la soirée... qu'il racontait que c'était un coup monté... et qu'il allait en découvrir l'auteur... Puis Grace a aperçu la fille de Cranfield... et tout a recommencé, elle bouillait de rage, c'était presque aussi terrible qu'avant... Alors j'ai pensé... si Kelly mourait... tout s'arrangerait encore une fois...

Ferth secoue lentement la tête. Le raisonnement qui a mené Jack Roxford, pas à pas, du malheur au crime, le dépasse.

— J'ai pensé qu'il ne sentirait rien, poursuit Jack. Je croyais qu'on perdait connaissance d'un seul coup en respirant de l'oxyde de carbone. J'ai cru que ça serait comme quand on s'endort... qu'il ne se rendrait compte de rien. Il ne se réveillerait pas.

— Vous n'avez pas percé un trou assez grand, dis-je sans ironie. L'arrivée du gaz n'a pas été assez forte pour m'estourbir.

— Je n'ai pas trouvé de tube assez large, explique-t-il avec un sens involontaire du macabre. J'ai été obligé de me servir d'un de mes trucs. Un peu mince. Voilà pourquoi.

— Je vois, dis-je gravement.

— Et par la suite, vous avez tâché de retrouver le morceau de collecteur ?

— Oui... mais ça, vous le savez. J'étais furieux contre Oakley, parce qu'il ne l'avait pas déniché... Il m'a raconté qu'il avait essayé de vous faire parler, mais que vous n'aviez pas voulu... et je lui ai répondu que ça ne m'étonnait pas...

— Pourquoi ne lui avez-vous pas demandé de me supprimer ?

— Oh ! si. Je lui ai demandé. Il m'a répondu qu'il ne tuerait pas. Il voulait bien s'occuper du cadavre si je m'en occupais moi-même, mais il n'acceptait jamais ce genre de boulot. Ça n'en valait pas la peine, selon lui.

Ça, c'est Oakley tout craché. On croirait l'entendre.

— Mais, je lui suggère, vous n'avez pas osé prendre ce risque.

— Je n'avais guère d'occasions. Euh... je ne tenais pas à laisser Grace toute seule... ses nerfs étaient dans un tel état... Et du reste, vous étiez à l'hôpital... Après, vous avez regagné votre appartement... J'ai bien essayé de vous faire flanquer dehors...

— Ainsi, c'est vous qui avez écrit au secrétariat des commissaires ! s'exclame Ferth. Le reste ne vous suffisait pas !

— Oui... mais il était trop tard... n'est-ce pas... Elle parlait sérieusement... Pauvre Grace... Pauvre Grace... pourquoi l'ai-je laissée sortir ?... Mais elle semblait aller tellement mieux, ce matin... et maintenant... maintenant...

Ses traits se crispent, et l'effort qu'il accomplit pour ne pas éclater en sanglots empourpre son visage. L'image de Grace, telle qu'il l'a vue la dernière fois, c'en est trop : ses larmes se mettent à couler. Il renifle dans son mouchoir.

Je me demande ce qu'il ressentirait s'il avait vu Grace telle que je l'ai vue, moi. Mais probablement que l'amour aveugle qu'il éprouve pour elle y aurait survécu.

— Ne bougez pas d'ici, Roxford, ordonne lord Ferth en se levant et en me faisant signe de l'accompagner jusqu'à la porte.

— Et à présent, qu'est-ce qu'on fait de lui ? demande-t-il.

— C'est allé trop loin, dis-je à contrecœur. Trop loin pour qu'on puisse étouffer complètement l'affaire. D'ailleurs, il est plus dangereux que Grace... Elle survivra, et il va très probablement continuer à considérer toutes choses en fonction du bonheur de Grace. Quiconque la traiterait mal, selon lui, pourrait devenir la victime de ses machinations. La ruine... ou la mort. Les infirmières... ou les parents... ou même les gens comme moi, qui ne lui ont fait aucun mal. N'importe qui...

— Il semble que vous compreniez sa mentalité. Moi non, je dois l'avouer. Mais ce que vous dites me paraît logique. Nous ne pouvons pas nous contenter de lui retirer sa licence et laisser tomber... Il ne s'agit plus d'une affaire qui ne regarde que le monde hippique. Seulement, voilà, lord Gowery...

— Lord Gowery devra courir sa chance, dis-je sans en éprouver de satisfaction. Vous pourrez très probablement éviter qu'on le traîne dans la boue... mais il est beaucoup plus important d'empêcher Jack Roxford de recommencer.

— Oui, dit-il.

Il écarte les mains en un geste accablé, comme s'il voulait s'épargner toute décision.

— Tout ceci est tellement navrant.

Je me tourne vers Jack, au fond de la salle ; tassé sur sa chaise, il a l'air vaincu, le regard inquiet, le visage tourmenté. Il tripote la nappe, y fait des plis, au hasard. Il n'a pas l'air d'un brigand. Rien du criminel endurci. Ce n'est qu'un petit homme accroché à son idée fixe : gagner le pardon de « Grace, ma chérie », à qui il en a tant fait voir, étant ce qu'il est.

Rien de plus inutile que de l'envoyer en prison : rien ne pourrait lui faire plus de mal. Pourtant, je crois que c'est bien là qu'il ira. De mettre son corps en cage, ça n'arrangera pas sa difformité mentale. Pour des types comme lui, cette méthode est absurde.

Il se lève lentement et s'avance vers nous d'un pas chancelant.

— Je suppose que vous allez appeler la police, dit-il sans manifester beaucoup d'émotion. Je me demandais... s'il vous plaît... ne leur parlez pas du club... je ne dirai pas que lord Gowery le fréquente... je ne dirai jamais rien à personne... je n'ai jamais vraiment voulu le faire... ça ne m'aurait avancé à rien, pas vrai ? Euh... ça ne m'aurait pas aidé à conserver les chevaux... ça n'aurait servi à rien... Alors, est-ce que vous croyez... est-il nécessaire de mettre le monde au courant... du club ?

— Non, dit Ferth avec un soulagement assez mal dissimulé. Ce n'est pas nécessaire.

La plissure d'un vague sourire éclaire furtivement les rides tourmentées qui creusent les traits de Jack Roxford.

— Je vous remercie.

Le sourire s'évanouit. Son regard vaincu s'assombrit.

— A combien... pensez-vous que je serai condamné ?

Mal à l'aise, Ferth se déhanche.

— Inutile de vous tourmenter pour ça plus tôt que nécessaire.

— Vous pourriez probablement réduire votre peine de moitié, dis-je.

— Comment ?

Sa voix exprime un espoir pathétique. Je lui lance une bouée de sauvetage :

— En témoignant dans un autre procès que j'ai l'intention d'intenter, et en entraînant David Oakley dans votre chute.

ÉPILOGUE

Hier, j'ai monté Breadwinner dans la Cheltenham Gold Cup.

Un novice courageux, qui ne paie pas de mine mais qui a de l'avenir. Bai, d'un châtain plutôt délavé, il a l'air de traîner les pieds et porte la tête basse : vraiment pas un cheval qu'on aurait l'idée de citer en exemple de beauté chevaline.

Le vieux Strepson l'a regardé patouiller dans le Rond et m'a dit en poussant un soupir :

— Il a l'air à moitié endormi.

— Hughes le réveillera, a rétorqué Cranfield avec condescendance.

Cranfield était planté sous le froid soleil de mars, il s'abandonnait à un de ses petits accès coutumiers de morgue. Les rides mesquines et calculatrices qui entourent sa bouche ont l'air de s'être creusées plus profondément au cours de ce dernier mois, et son attitude envers moi est devenue si possible plus distante, plus « de-maître-à-domestique » que jamais. Roberta m'a dit l'avoir informé que j'avais réussi, Dieu sait comment, à récupérer nos licences. Mais il ne voit aucune raison d'y croire et préfère s'en remettre à quelque intervention divine.

Strepson a repris sur le ton de la conversation :

— Kelly dit que Breadwinner est un poulain tardif, lent à se développer, et qu'il n'atteindra sa vraie forme que l'année prochaine à cette époque.

Cranfield a serré les lèvres en me fusillant d'un regard du genre : « Occupe-toi-donc-de-tes-oignons. » Il n'a pas paru se rendre compte que je lui avais fourni un alibi, pour le cas où le cheval ne gagnerait pas, et que ça le poserait comme un entraîneur du tonnerre si jamais il gagnait. Si piètre que soit l'estime que me porte Cranfield, je la lui rends bien.

Plus loin, autour du Rond de parade, se tenait un petit groupe silencieux ; j'ai reconnu Kessel et son jockey d'écurie, Al Roach. Leur partant était ce pauvre vieux Squelch ; mais ce qui les intéressait au plus haut point, ce n'était pas tant de le voir gagner que terminer, à tout prix, devant Breadwinner. De Kessel, en particulier, émanait un tel sentiment de haine que j'ai songé qu'elle devait sûrement lui flanquer un mal de tête fou. Haïr, ça produit généralement cet effet-là. Le jour où je m'en suis rendu compte, j'ai laissé tomber la haine.

Le mal de tête engendré par la haine, chez Grace, a dû être insupportable...

Son rétablissement est encore incertain. Ferth s'est arrangé pour qu'un des meilleurs psychiatres actuels s'occupe de son cas, et s'est également débrouillé pour que le médecin puisse voir Jack. Hier, quand je suis arrivé, il était devant les balances. Il m'a adressé un signe de tête pour m'inviter à le rejoindre et il m'a répété ce que lui avait dit le psychiatre.

— Selon lui, Jack est sain d'esprit, juridiquement parlant, et il devra passer en jugement. Il n'a pas voulu se prononcer sur les chances de guérison de

Grace. Mais son avis, c'est que leur séparation forcée est à tous points de vue une bénédiction. Leur seule chance de mener une vie à peu près normale dans l'avenir, selon lui, c'est de rendre cette séparation complète et définitive. Il estime qu'un retour à la situation antérieure pourrait amener la répétition de ces phénomènes.

J'ai regardé Ferth d'un air sombre :

— Quelle triste solution ! Déprimant.

— On ne sait jamais, m'a-t-il répondu d'un ton optimiste. Une fois cette crise surmontée, ils se sentiront peut-être tous les deux... enfin... délivrés.

Je lui ai souri. Tout de go, il a riposté :

— Votre conception de la vie est contagieuse, sapristi... A quand ce dîner, au fait ?

— Quand vous voudrez.

— Demain, disons ? A huit heures. Au *Caprice*, après le carrefour, quand on sort du *Ritz*... Leur cuisine est meilleure qu'à mon club.

— D'accord.

— Et vous me raconterez où en est la police avec David Oakley...

La police de Birmingham est restée pendue au téléphone ou à ma sonnette d'entrée pendant une bonne partie de la semaine passée. Ils ont failli en pleurer de joie et me sauter au cou quand je me suis amené chez eux avec assez d'éléments pour établir une inculpation solide ; et ils m'ont promis par la suite de me faire parvenir, encadrée, l'une des plus importantes pièces à conviction récoltées au cours de leurs perquisitions : un mot de Cranfield, adressé à Jack Roxford et vieux de deux ans, le remerciant de ne pas avoir fait d'offre supérieure à la sienne dans une vente, après une course à réclamer, et auquel un chèque de cinquante livres était joint. Au bas de la page, Cranfield avait écrit : « Comme convenu. Merci. D.C. »

C'était ça, la lettre qu'Oakley avait photographiée dans mon appartement.

Fournie par Roxford, qui a eu l'idée de la mise en scène. Et ensuite conservée par Oakley, pour avoir barre sur Roxford.

La police m'a également appris que Jack Roxford avait retiré de son compte en banque six cents livres en billets neufs au cours des deux semaines précédant l'enquête, et que David Oakley avait versé, cinq jours plus tard, trois cents livres de ces mêmes billets à son propre compte.

Le rusé, l'astucieux M. Oakley aurait, paraît-il, déclaré qu'il regrettait de ne pas avoir descendu Kelly Hughes.

La sonnerie qui invite les jockeys à se mettre en selle a retenti ; Cranfield et le vieux Strepson m'ont accompagné à l'endroit où m'attendait Breadwinner.

Le seul jockey absent est Charlie West, dont la licence est suspendue pour le reste de la saison. Et c'est uniquement grâce à l'intervention de Hughes, lui a dit Ferth avec énergie, qu'il n'a pas eu ce qu'il méritait et n'a pas été exclu à vie. Que Charlie West en éprouve un atome de reconnaissance, ça reste à voir.

Je me suis hissé sans difficulté sur Breadwinner. Pour glisser mon pied droit dans l'étrier, je m'y suis tout de même pris avec précaution. On a fait un compromis, l'orthopédiste et moi : il m'a débarrassé du plâtre sept jours plus tôt. Mais en guise d'au revoir, le grand chirurgien m'a aimablement prévenu :

— Vous n'avez pas laissé assez de temps à cette jambe pour se remettre, et si jamais ellc sc déboîte, ce sera votre faute.

Je lui ai répondu que je ne pouvais pas me payer le luxe de laisser Cranfield embaucher un autre jockey pour monter Breadwinner, vu toutes les courses qui attendent ce cheval. Strepson est de ces types reconnaissants qui ne congédient pas un jockey qui a gagné pour eux ; or, si un autre jockey emportait la Gold Cup sur Breadwinner, je perdrais cette monte pour toujours et c'est ce seul argument qui a convaincu l'orthopédiste de sortir sa scie, bien à contrecœur, du reste...

J'ai pris les rênes et promené le cheval dans le Rond ; tranquillement, au pas, pendant que tout le monde se rangeait dans l'ordre convenu pour le défilé. Exception faite du Grand National, la Cheltenham Gold Cup est la plus grande course d'obstacles de l'année. Question prestige, elle est probablement considérée comme la plus brillante de toutes. Tous les cracks s'y présentent pour s'affronter à conditions égales. Les tocards n'ont aucune chance.

Il y avait neuf partants hier. Breadwinner était le plus jeune, Squelch le plus expérimenté, et Ironclad, un gris de caractère ombrageux, le favori.

Nullement gagné par la haine que me porte Kessel, Al Roach s'est mis en ligne à côté de moi, en m'adressant son habituel sourire irlandais, épanoui et amical.

— Eh ben, Kelly, mon gars, m'a-t-il lancé, raconte à papa comment tu vas monter cette petite bête !

J'ai répondu :

— Tu veux te faire suspendre ?

Il a rigolé.

— Qu'est-ce que Kessel a contre toi, Kelly, mon gars ?

— J'ai eu raison, et il a eu tort. Et ça, il ne peut pas le digérer.

— Un drôle de mec, le Kessel...

Puis les élastiques sautent et nous voilà partis. Cinq kilomètres bien tassés, vingt-deux obstacles : deux parcours complets de la piste.

Rien de spécial ne s'est produit pendant le premier tour : aucun cheval n'est tombé, aucun jockey ne s'est emballé, et en passant devant les tribunes, au début du deuxième, un drap de taille raisonnable aurait suffi pour couvrir le peloton. Un kilomètre et demi plus loin, le groupe de tête a commencé à se dégager du lot et tout le peloton s'est étiré en une ruée aux muscles tendus, frénétique, implacable et foudroyante, une ruée dont les espoirs, les efforts, les tactiques se mêlent en une sorte de guerre secrète. Vitesse... sauter en frôlant le désastre... miser sur la coordination du cheval... y accorder la vôtre... une épreuve comme la Gold Cup montre de quoi vous êtes fait...

A l'approche de l'avant-dernier obstacle, Ironclad menait le champ, devançant Squelch de trois longueurs ; ç'aurait pu aussi bien en être dix ; après, il a pris ses aises, assuré d'avoir tout son temps. Squelch s'efforçait de le suivre et, quatre longueurs derrière lui, Breadwinner donnait tout ce qu'il pouvait pour se placer troisième.

Entre les deux derniers obstacles, l'ordre est resté inchangé, Breadwinner n'inquiétant nullement Squelch, ni Squelch Ironclad. Tant pis, me suis-je dit avec résignation. Troisième ! Pour un si jeune poulain, ce n'est déjà pas mal. On ne peut pas gagner à tous les coups.

Et il reste toujours Pound Postage qui m'attend pour le Grand National, samedi en huit...

Ironclad se préparait pour le dernier obstacle. Il en était à sa deuxième foulée : montant l'avant-main pour la battue et donnant sa détente maximum, il s'est élancé au-dessus de l'obstacle avec une bonne trentaine de centimètres entre lui et la barre supérieure, et puis... voilà : il s'est renversé à la réception.

Je pouvais à peine en croire mes yeux. Plein d'un nouvel espoir, j'ai activé Breadwinner et l'ai poussé sur le dernier obstacle. Ç'allait être le saut de sa vie. De sa jeune vie.

Squelch l'a franchi le premier, évidemment. Mon vieux salopard de Squelch au-pas-sûr-entraîné-pile-à-la-seconde... De toutes les ironies du sort, rater ainsi la Gold Cup, battu par Squelch !

Breadwinner faisait de son mieux pour le rattraper, et j'ai remarqué que Squelch, exactement comme dans la Lemonfizz, était mort de fatigue. Et voilà que longueur après longueur, avec acharnement, mon bai s'est mis à raccourcir la distance qui les séparait, poussant, tendant ses muscles, tremblant d'envie de le dépasser... Seulement, avec le poteau d'arrivée si près... trop près... ses efforts ne pouvaient servir à rien... il ne restait plus assez de temps...

Se sentant talonné, Al Roach a jeté un coup d'œil en arrière, et il a constaté que c'était moi. Il savait que, de tous les partants, Breadwinner était celui qu'il devait battre à tout prix. Il s'est affolé. S'il était resté tranquille, il aurait gagné de deux longueurs. Au lieu de quoi, le voilà qui fait tournoyer sa cravache et en flanque deux coups sur le flanc de Squelch.

Espèce d'imbécile, ai-je pensé, le souffle coupé. Squelch déteste ça. Il va s'arrêter. Il s'arrête toujours quand on lui flanque un coup de cravache...

De colère, Squelch s'est mis à battre l'air de sa queue. Ses foulées rythmées se sont muées en un petit trot cahotant. Il secouait furieusement la tête.

J'ai remarqué la mine désespérée d'Al au moment où Breadwinner le rattrapait... puis le poteau d'arrivée a surgi et disparu en un temps éclair... et aucun de nous deux n'a su qui l'avait emporté.

La photographie a donné la victoire à Breadwinner par un naseau. Et si j'ai été hué par le public après la Lemonfizz, le public m'a dédommagé après la Gold Cup.

Kessel — le contraire eût été étonnant — était bleu de rage, et il a failli exploser quand quelqu'un a fait remarquer d'une voix sonore que Squelch aurait gagné si Hughes l'avait monté. J'ai éclaté de rire. Kessel semblait en proie à une envie de m'étrangler presque aussi furieuse que celle de Grace.

Le vieux Strepson était pâle d'émotion. Pourtant, la Gold Cup elle-même n'a pas eu l'air de réjouir particulièrement Cranfield. J'ai appris par la suite qu'Edwin Byler venait d'annoncer que, en définitive, il ne lui enverrait pas ses chevaux ; le psychiatre de Grace lui avait écrit qu'on pouvait espérer le retour de la malheureuse à la santé à condition que ses chevaux ne soient pas confiés à Cranfield. Et Byler, concluait que, après tout, il estimait avoir une dette envers les Roxford... Navré et tout, mais voilà !

Roberta et sa mère étaient allées dans l'enceinte du vainqueur flatter Breadwinner et, au moment où, vingt minutes plus tard, je sortais du paddock après avoir fait vérifier mon poids et enfilé mes vêtements de ville, elle m'attendait, accoudée à la corde.

— Vous tirez la jambe, m'a-t-elle dit posément.

— Pas en forme, c'est tout.

— Un peu de café ?

— Oui.

Elle m'a précédé à pas mesurés dans la salle. Ses cheveux cuivrés continuaient à lancer des reflets flamboyants, et pourtant nous n'étions plus dehors, sous le soleil ; sa robe toute simple, couleur chanvre, lui allait à ravir.

Je suis allé lui chercher du café, et nous nous sommes installés à une petite table à dessus plastifié, devant les restes abandonnés par les derniers clients : tasses de café vides, assiettes pleines de miettes, des mégots et une chope qui portait des traces de mousse. Roberta les a repoussés sans façon.

— Gagner et perdre, dit-elle. Tout tourne autour de ça.

— Les courses ?

— La vie.

Je l'ai regardée.

— Aujourd'hui c'est formidable, a-t-elle poursuivi, et le retrait de la licence, c'était terrible. Je suppose que tout est ainsi... les hauts et les bas... toujours.

— Je le crois.

— J'ai appris un tas de choses depuis l'enquête.

— Moi aussi... à votre sujet.

— Père prétend que je dois toujours me rappeler votre origine...

— C'est vrai. Vous le devez.

— L'esprit de Père est entravé. Son âme est emprisonnée derrière des barreaux, sa tête bourrée d'idées passées de mode depuis un demi-siècle.

Elle parodiait mes propos avec une malice pleine de suffisance.

J'ai ri :

— Roberta...

— Dites-moi...

Elle hésitait.

— Au passage à niveau... quand vous m'avez appelée Rosalind... c'était elle que vous réclamiez ?

— Non, ai-je dit lentement. C'était vous... à sa place.

Elle a poussé un soupir de satisfaction.

— Alors la question est réglée ? Pas vrai ?

Cet ouvrage a été réalisé par la
SOCIÉTÉ NOUVELLE FIRMIN-DIDOT
Mesnil-sur-l'Estrée
pour le compte des Éditions U.G.E. 10/18
en juin 1996

Imprimé en France
Dépôt légal : juillet 1996
N° d'édition : 2667 - N° d'impression : 34963